EN BUSCA DE LA ESPADA DE DIAMANTE

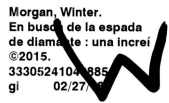

EN BUSCA DE LA ESPADA DE DIAMANTE

UNA INCREÍBLE AVENTURA DE MINECRAFT

Winter Morgan

Obra editada en colaboración con Editorial Planeta – España

Título original: *The quest for the diamond sword*

Imagen de portada: Megan Miller

© 2014, de la edición original: Hollan Publishing

© 2014, Editorial Planeta, S.A. – Barcelona, España

Derechos reservados

© 2015, Editorial Planeta Mexicana, S.A. de C.V.
Bajo el sello editorial DESTINO M.R.
Avenida Presidente Masarik núm. 111, Piso 2
Colonia Polanco V Sección
Deleg. Miguel Hidalgo
C.P. 11560, México, D.F.
www.planetadelibros.com.mx

Primera edición impresa en España: octubre de 2014
ISBN: 978-84-9754-792-5

Primera edición impresa en México: enero de 2015
Cuarta reimpresión: febrero de 2016
ISBN: 978-607-07-2554-8

Impreso en los talleres de Impresora y Editora Infagon, S.A. de C.V.
Escobillera número 3, colonia Paseos de Churubusco, México, D.F.
Impreso en México – *Printed in Mexico*

Título: MINECRAFT. EN BUSCA DE LA ESPADA DE DIAMANTE (3001298)

ÍNDICE

1
LA VIDA EN LA GRANJA

A Steve no le gustaba correr riesgos. Llevaba una vida sencilla en una próspera granja de trigo, donde cultivaba zanahorias, papas y calabazas, y criaba cerdos. Pasaba las tardes hablando con Eliot el Herrero o con Avery la Bibliotecaria, que vivían en una aldea cercana. En la aldea, Steve intercambiaba trigo y carbón por esmeraldas.

Usaba las gemas para adornar las paredes de su casa. Sin embargo, esa mañana decidió dirigirse al pueblo e intercambiar unas cuantas esmeraldas de su reserva por hierro. Steve quería fabricar una armadura de hierro. Aunque no tenía en mente utilizarla, era precavido y sabía que era importante tener una. Además, le gustaba fabricar cosas.

Eliot estaba en su tienda cuando Steve llegó, y le dijo:

—Hola, Steve. ¿Vienes por más esmeraldas?

—No. —Steve sacó las gemas—. Tengo demasiadas. Me gustaría intercambiarlas por lingotes de hierro.

—¿Qué vas a hacer con él? —le preguntó Eliot mientras le daba los bloques—. ¿Vas a crear otro gólem? Fuiste muy amable al construir uno para la aldea.

—Gracias, pero quiero fabricar una armadura —respondió Steve.

—¿Te vas a la aventura? —Eliot no daba crédito. Pensaba que Steve era la última persona del mundo que querría fabricarse una armadura o partir a la aventura.

—¡Espero que no! —Steve sonrió—. Simplemente he pensado que estaría bien tenerla en el inventario.

—Que disfrutes fabricándola, Steve. —Eliot le dio los lingotes de hierro.

En el camino de vuelta a casa, Steve se encontró con Avery la Bibliotecaria, que le dijo:

—Deberías pasarte por la biblioteca, Steve. Tenemos un montón de libros nuevos.

—Hoy no puedo —le respondió—. Voy a fabricar una armadura.

—¡Qué emocionante! —exclamó Avery—. ¿Estás pensando en irte a la aventura?

—No, ya me conoces —remarcó Steve—. No me gusta meterme en problemas ni alejarme demasiado de casa.

—A veces las aventuras no se planean, sencillamente ocurren. —Avery había leído todos y cada uno de los relatos de aventuras de la biblioteca; le encantaban ese tipo de historias.

—Tienes razón —Steve le sonrió—, pero prefiero guardar la armadura en el inventario y leer las historias de aventuras en los libros.

Steve fabricó la armadura de hierro. Se la probó y caminó con ella por su casa.

—Debo de tener pinta de guerrero —se dijo a sí mismo. Se quitó la armadura y se fue a dar un pequeño paseo antes del anochecer. Steve nunca se atrevía a salir de noche; sabía que era entonces cuando los *creepers* estaban al acecho.

La granja no estaba lejos del agua, así que se acercó hasta la orilla y observó el inmenso océano azul mientras se preguntaba qué mundos habría al otro lado. Pero nunca se habría atrevido a averiguarlo.

Si Steve tuviese que contar una historia de aventuras, sería la de aquella vez que domesticó a un ocelote. Perdido en la inmensidad de la selva inexplorada, rodeado de arbustos en lo profundo del bioma de la jungla, Steve divisó a un animal que pasó corriendo por delante de él hacia una zona de hierba y maleza crecidas. Cuando el animal redujo la velocidad, pudo distinguir su pelaje amarillo cubierto de manchas negras y pardas. ¡Era un ocelote salvaje!

Sus penetrantes ojos verdes lo observaban con actitud amenazadora. A Steve le dio un vuelco el corazón. Quería domesticar a aquella bestia salvaje. Le ofreció pescado crudo, que el hambriento felino devoró con avidez. Con cada bocado, el ocelote se fue transformando en un animal manso. Poco a poco la piel del felino fue adquiriendo un tono anaranjado hasta que adoptó el color del típico gato atigrado. La cola del ocelote se encogió, lo cual significaba que ya no era salvaje. Steve lo llamó Snuggles. Él era el primero en admitir que se sentía más seguro en la granja con Snuggles a su lado. Es bien sabido que los ocelotes ahuyentan a los *creepers*. Y a Steve le daban miedo.

Steve sabía que, siendo precavido, podía evitar tropezarse con *creepers*, esqueletos, arañas, lepismas, zombis y cualquier otro tipo de criatura hostil que pudiera atacarlo. De hecho, Steve había ayudado a proteger la aldea contra un ataque zombi. Construyó una valla alrededor de la aldea y colocó antorchas a lo largo de la calle principal, de modo que todo el terreno que quedaba dentro de la valla estuviera bien iluminado de día y de noche. De esa forma se aseguraba de que los zombis no aparecieran por allí. Tal y como mencionó Eliot el Herrero, Steve también construyó un gólem de hierro para que los protegiera. Colocó varios bloques de hierro y una calabaza en el suelo y observó cómo la recia y poderosa bestia cobraba vida. Mientras Steve miraba cómo la monstruosa criatura de piedra dirigía sus toscos pasos hacia la aldea, supo que sería capaz de mantenerlos a él y a sus amigos aldeanos a salvo de los zombis y otras criaturas peligrosas.

Cuando no estaba protegiendo su hogar de los depredadores, Steve invertía su tiempo libre en producir carbón a partir de madera. Intercambiaba el carbón con Eliot el Herrero por picos, que usaba para destruir bloques. También intercambiaba el trigo que cultivaba por las galletas de John, el granjero de la aldea. Cuando recolectaba oro, normalmente lo intercambiaba por libros con Avery la Bibliotecaria. Entre los aldeanos y la granja, tenía cubiertas todas sus necesidades y un lugar seguro en el que dormir todas las noches. Le encantaba volver a la granja y escuchar maullar a Snuggles mientras el ocelote descansaba en el campo.

Cuando comenzó a caer la noche, Steve se fue directo a su cama de bloques de lana. La noche era el momento más vulnerable; cuando el sol se escondía, surgían las sombras y las zonas bien alumbradas se iban oscureciendo hasta que la aldea de Steve era el único lugar lo bastante iluminado para que las criaturas no aparecieran. Pero en el exterior se escuchaban los constantes gruñidos de los zombis y los extraños y huidizos sonidos de las arañas.

Estar levantado cuando caía la noche te convertía en un blanco fácil, pero una cama bien construida te mantenía a salvo hasta el amanecer. Al amanecer, Steve siempre se encontraba a salvo en su cama. Siempre recordaba aquel día, cuando había salido al amanecer y había visto a un alto y oscuro *enderman* con un aura de color violeta; por suerte, sabía que no debía mirarlo fijamente. Consiguió escapar de él sin sufrir daño alguno y aprendió la lección: cuando las luces empiezan a atenuarse, llega el momento de volver a casa. No hay motivos para correr riesgos.

Pero aquella noche, mientras dormía en su cómoda cama, Steve escuchó unos extraños ruidos procedentes de la aldea. Sus vecinos tenían problemas, y cuando escuchó los gruñidos y el sonido de la madera quebrándose, supo que sólo podía tratarse de una cosa: ¡un ataque zombi! Intentó convencerse de que era una broma y de que todo estaba bien. Pero los ruidos no cesaron. Mientras se imaginaba a sí mismo yendo al pueblo y viendo a los aldeanos convertidos en zombis, tomó el reloj para comprobar cuánto tiempo quedaba hasta el amanecer. Todavía era de madrugada; Steve aferró el reloj con fuerza preguntándose si podía esperar hasta la mañana. Pero mientras escuchaba el tictac de las agujas del reloj y, de fondo, los gritos de los aldeanos, supo que tenía que ayudarlos cuanto antes. Además, Eliot sabía que Steve tenía una armadura, y seguramente estaría esperando que la usara para defenderlos de los zombis.

Los demás aldeanos también eran buenos amigos de Steve. A él le gustaban más los aldeanos que otros exploradores como él, porque no eran *griefers* ni podían hacerle daño. Vivían y trabajaban juntos en la aldea, cultivando sus tierras y creando cosas útiles con las que comerciar.

Seguían rutinas predecibles y nunca se alejaban de sus casas, pero se ayudaban mutuamente y nunca causaban estragos en la vida de Steve. Los *griefers* eran errantes que pasaban el rato gastando bromas a otros exploradores y, en general, buscando problemas. Hacían malas pasadas a otras personas con tal de robarles sus pertenencias. Algunos *griefers* se metían con los demás por el simple hecho de divertirse, y les gustaba engañar a la gente. No dudaban en emplear dinamita para destruir una casa o mentir al decir que necesitaban ayuda para luego atacarles. Steve no quería perder su casa ni sus cosas por culpa de algún *griefer*, así que se aseguraba de no confiar en nadie que no fueran sus amigos de la aldea. Y ahora los zombis los estaban atacando. Tenía que ayudarlos.

Intentó convencerse a sí mismo de que el gólem de hierro podía ocuparse de los zombis, pero los gritos desesperados de los aldeanos sólo podían significar una cosa: que el gólem no era lo bastante poderoso como para derrotarlos por sí solo. O peor aún, que algo le había ocurrido a la criatura de piedra. Steve pensó en Avery y en los libros que le había prestado. Se imaginaba a un zombi persiguiéndola mientras ella huía por las calles con su ondeante túnica blanca. Se preguntó si los zombis estarían destruyendo los cultivos de John el Granjero. Imaginó a Eliot intentando esconderse de los despiadados monstruos en la herrería.

Los alaridos se hicieron cada vez más fuertes, y en su atribulada mente no dejaban de surgir imágenes de sus amigos siendo atacados por los zombis. Steve sabía que tenía que ayudarlos. Si no hacía algo heroico cuanto antes, no sería más que un cobarde que había permitido que destruyeran la aldea. Aunque iba en contra de su instinto de no meterse en problemas, echó a un lado la colcha y salió de la cama. Comprobó que no había arañas ni *creepers* en la habitación, así que se dirigió hacia el cofre para prepararse. Por primera vez, se enfundó la armadura que había fabricado, la que le encantaba tener, pero que nunca pensaba utilizar. Por suerte, Steve tenía un inventario bien surtido —ya que nunca combatía, se dedicaba a coleccionar— de espadas y otras herramientas para protegerse. Sacó una brújula, una espada de hierro, un arco y flechas del inventario. Después, se detuvo a pensar un instante y tomó la espada de oro, por si la necesitaba. Le temblaban las manos. El corazón le latía desbocado. Estaba asustado. El momento que Steve tanto temía había llegado.

2
ALGO ESTÁ MAL

En el exterior de la casa de Steve la noche era oscura, el momento perfecto para que las criaturas hostiles se dieran un festín. Los monstruos habían trepado por la valla defensiva que rodeaba la aldea y vagaban por los alrededores de los edificios. Muchas de las antorchas que Steve había colocado por todo el pueblo ya no estaban. Vio un hoyo poco profundo frente a él y supo que algún *creeper* había explotado, con lo que había destruido las luces y había sumido la aldea en la oscuridad. Cuando Steve salió de su casa, dio un respingo. Un jinete arácnido estaba trepando por la valla de su casa. Los ojos rojos del agresivo arácnido que montaba el esqueleto brillaban en la oscuridad. Steve sabía que los jinetes arácnidos no era muy comunes y que podían acabar con él en un abrir y cerrar de ojos. Las arañas tenían una vista excelente, y los esqueletos eran unos cazadores experimentados, así que un jinete arácnido suponía una amenaza doble. Steve sentía los latidos de su corazón a través de la armadura. Tomó el arco y una flecha y respiró hondo.

En cuestión de segundos, el esqueleto notó la presencia de Steve y comenzó a dispararle. Una flecha le alcanzó en el pecho, pero rebotó contra la armadura. Steve se alejó corriendo de la araña al tiempo que ésta saltaba del muro hacia él y las flechas que lanzaba el esqueleto se aproximaban cada vez más a sus expuestas piernas. Siguió corriendo y esquivando las flechas a duras penas. Se giró y apuntó a la araña, pero no fue capaz de matar a su temido enemigo tan rápido como esperaba. Steve esquivaba con habilidad todas las flechas. Al mismo tiempo, recargaba el arco y continuaba disparándole a la araña. Sabía que era muy importante matar antes a la araña que al esqueleto; si la araña estuviera sola, sin verse limitada por el peso del huesudo esqueleto, podría acabar con él en un instante.

Steve redujo la marcha y cuando la tuvo a poca distancia, disparó una flecha a la araña. ¡En el blanco! Le acertó de lleno en el abdomen. La criatura cayó al suelo, y el esqueleto cargó contra él en solitario. Con un nuevo disparo certero, Steve consiguió derribar al esqueleto.

¡Había vencido a un jinete arácnido! Nunca había logrado derrotar a un oponente tan difícil. Recogió el ojo de la araña y lo añadió al inventario con la certeza de que le sería de utilidad más adelante. Desbordante de autoestima gracias a la victoria sobre el jinete arácnido, Steve partió hacia la aldea para luchar contra los zombis con un poco más de confianza en sí mismo. Ya era un guerrero.

Cuando llegó al pueblo, Eliot el Herrero pasó corriendo por delante de él en dirección a su tienda.

—¡Ayúdanos! —gritó Eliot—. Llevas la armadura, puedes derrotar a los zombis.

Steve sabía que Eliot tenía fe en él, pero ¿acaso era consciente de lo asustado que estaba? Vio que un grupo de zombis rodeaba a una familia de aldeanos cuando trataban de abrir la puerta de su casa. Intentaban refugiarse, pero los monstruos de ojos verdes y mirada perdida tiraban abajo las puertas de las casas, de las tiendas y de los restaurantes. Reventaban las ventanas de cristal y arrancaban los techos de las casas más pequeñas. No había donde esconderse. Quiso seguir a Eliot hasta la tienda, pero sabía que esconderse era una decisión de cobardes.

Steve buscó al gólem de hierro con cabeza de calabaza. No lo veía por ninguna parte. Se acercó a una zona de hierba y vio un enorme cuerpo de hierro partido en dos en el suelo. La cabeza de calabaza yacía junto a los descomunales pies sin vida del gólem. Parecía que un *griefer* había entrado en la aldea con la intención de matarlo y recolectar el hierro. Pero no tenía tiempo de elucubrar sobre lo que le había ocurrido a la criatura. Una marea de zombis avanzaba directamente hacia él.

Buscó refugio detrás de un gran árbol con la esperanza de ocultarse de los zombis. Sin embargo, no estaba a salvo; el grupo se acercaba a buen ritmo. Steve cargó contra ellos con la espada de hierro y acabó con dos al momento. Después del enfrentamiento con el jinete arácnido, estaba seguro de que conseguiría ganar aquella batalla con facilidad. Estaba equivocado. A cada minuto aparecían más y más zombis. Los heridos llamaban a más refuerzos y cada vez eran más y más. Sabía que la armadura lo protegería mientras luchaba, pero la desmesurada cantidad de zombis le hacía dudar de la victoria. Y la vida de las espadas de Steve estaba llegando a su fin; la primera espada de hierro ya se había agotado y roto al principio de la batalla, y en aquellos momentos la última que le quedaba ya estaba casi inservible.

Steve comenzó a preocuparse por los aldeanos. ¿Y si no conseguía derrotar a los zombis? ¿Se convertirían todos los habitantes en aldeanos zombis? A pesar de todos los objetos que había ido guardando, no disponía de ninguna poción de debilidad y tampoco tenía tiempo suficiente para fabricar una manzana dorada encantada, los dos elementos necesarios para curar a un aldeano zombi. Una opción era crear una puerta de hierro y situar a los aldeanos zombis detrás de ella a modo de obstáculo temporal. Con ello evitaría que le dañaran mientras él derrotaba a los demás zombis. Pero el tiempo no estaba a su favor. Tenía que conformarse con seguir luchando y tratar de encontrar una manera de salvar a los aldeanos.

Steve volvió al inventario y cambió al arco y las flechas. Disparando a los zombis consiguió eliminar a unos cuantos, pero había todo un ejército. El arco y las flechas no eran rival para un pelotón de muertos vivientes. Tenía que cambiar de táctica. Pensó en dirigir a los zombis hacia el mar o hacia un acantilado, ya que sabía que no eran demasiado inteligentes y que podría engañarlos para que se tiraran por un precipicio o se ahogaran. Sin embargo, no estaba seguro de que pudieran ahogarse y, de todas formas, estaba atrapado en la aldea con aquellos zombis sedientos de sangre que iban superando en número a los aldeanos. Para rematar, todo aldeano que sucumbía al ataque zombi se transformaba al instante en un aldeano zombi. Steve vio cómo el carnicero del pueblo, aún vestido con su delantal blanco pero convertido en una monstruosa criatura verde y putrefacta, empujaba a otro zombi en la retaguardia de la multitud que seguía atacándole. Todos sus antiguos amigos eran ahora zombis dispuestos a destruir a la única persona que estaba intentado salvarlos y protegerlos. ¡Era una batalla perdida! Steve decidió arriesgarse y corrió hacia los zombis. Les disparó con el arco y los fue derribando rápidamente para que no tuvieran la oportunidad de llamar a más refuerzos. Cuando ya pensaba que había ganado la batalla, vio a un zombi más a lo lejos.

A medida que el solitario zombi caminaba hacia Steve, éste comenzó a temblar de puro pánico. Ya había tenido suficientes emociones por una noche, y, a pesar de su hazaña, seguía estando asustado. Sintió que le temblaba la mano al manejar el arco. Apenas podía disparar. Cuando por fin lo consiguió, la flecha hendió el aire despacio y cayó junto al zombi. La flecha crujió bajo los pies del monstruo, que seguía aproximándose. Steve sentía los fuertes latidos de su corazón, pero no podía permitir que el pánico se antepusiera al deseo de salvar a sus amigos.

Fue entonces cuando escuchó que Eliot el Herrero pedía auxilio. Supuso que un zombi lo había acorralado. No podía fallarle. Tenía que reunir el coraje y la fuerza necesarios.

Steve dejó a un lado el arco y las flechas y se equipó con la espada dorada más poderosa de su inventario. Empuñó el arma, pero el fuerte zombi se la arrebató de las manos y la partió en dos. La dejó caer sobre la hierba y se abalanzó sobre Steve. Sin tiempo para elegir otra arma del inventario, estaba indefenso. Se alejó a toda prisa de la enorme criatura de ojos verdes.

Recorrió las familiares calles de la aldea, se adentró en la tienda de Eliot el Herrero y cerró de un portazo tras de sí. Supuso que si intercambiaba más esmeraldas podría conseguir una nueva espada para derrotar al zombi. ¡Pero era demasiado tarde! Eliot el Herrero había caído e iba a convertirse en un zombi. Le había fallado a su amigo. Steve estaba destrozado, y se sentía inútil.

Eliot empezó a transformarse en un zombi, y Steve se quedó mirando aterrorizado a su amigo. Estaba muy afligido. Había pasado mucho tiempo intercambiando material y hablando con Eliot, pero ahora no era más que un enemigo. Entonces oyó a lo lejos los gritos de auxilio de Avery la Bibliotecaria. Ya había defraudado a uno de sus amigos aldeanos; no podía permitir que volviera a ocurrir. Tenía que llegar a la biblioteca a tiempo.

¡Pam! ¡Crac! Se oía cómo un amenazante zombi intentaba derribar la puerta. Se le ocurrió un plan. Eligió un pico del inventario y abrió un agujero en el suelo. A medida que hacía el agujero más profundo, escuchó cómo arrancaba la puerta de sus bisagras. Cuando el zombi puso un pie en la tienda, Steve se escabulló por debajo del establecimiento hacia el centro del pueblo. Al salir del agujero, se vio acorralado por un grupo de zombis. Sin saber muy bien cómo, fue capaz de abrirse camino a través de ellos y salió a toda prisa de la aldea, pero la tropa de zombis lo siguió de cerca. Los gritos de Avery eran cada vez más fuertes, y sabía que tenía que volver, pero era imposible.

Al mirar atrás, vio que los zombis le pisaban los talones. Disparó flechas mientras corría y acertó a unos cuantos de sus enemigos. Mientras se abría paso en la oscuridad de la noche, intentaba encontrar un lugar donde esconderse, pero lo acorralaban antes. Distinguió una cueva en la distancia. Aunque le aterrorizaban las cuevas y nunca antes había estado en una, tuvo la esperanza de poder esconderse allí o de encontrar lava para atacar a la horda de zombis. Le estaban alcanzando, así que aceleró hacia la cueva.

Uno de los zombis estaba a escasos centímetros de Steve. A medida que se acercaba más y más, Steve comenzó a temblar de miedo y sin querer hizo que se le cayera la coraza del pecho. Trató de recogerla, pero el zombi, con un fuerte jalón, se la arrebató de las manos y se colocó la coraza en su propio pecho. El zombi llamó a gritos a los de su grupo. La coraza del pecho hizo que la criatura pasara de ser un zombi normal a convertirse en un zombi aún más poderoso, ya que estaba protegido por la armadura y no se le podía atacar. También llevaba un casco, lo cual significaba que, a diferencia de otros zombis, podía sobrevivir durante el día, aunque los otros ardieran al contacto con la luz del sol.

El zombi armado saltó hacia Steve. Él retrocedió. Desprotegido, sabía que sólo había una forma de escapar. Se había pasado la mañana picando, y había llegado hasta una zona de lava y agua, así que tenía suficiente obsidiana en la mochila para fabricar una puerta. Apiló rápidamente los bloques de color negro azabache. Cuando les prendió fuego, una neblina violeta impregnó el aire. El portal al Inframundo estaba listo. Con una última mirada a la aldea, Steve se giró y escapó del ataque de los zombis adentrándose en el Inframundo.

3
EN LAS
PROFUNDIDADES

Steve se dejó llevar, flotando como si no pesara, hasta las rojizas tierras del Inframundo. Repleto de lagos de lava, en el Inframundo no se medía el tiempo según el día y la noche como en la Corteza Terrestre. Steve miró la brújula para orientarse y lo único que vio es que la aguja giraba en círculos. Las brújulas y los relojes no servían de nada en aquel lugar.

Mientras se adaptaba al brillo carmesí del Inframundo, exploró con precaución aquella nueva dimensión. No se parecía a ningún otro lugar en el que hubiera estado antes, y sus ojos tenían que acostumbrarse a la nueva iluminación. Era un lugar peligroso, pero también estaba repleto de recursos útiles. Los champiñones brotaban del suelo, y vio un lago de lava a lo lejos. Se agachó con la intención arrancar un champiñón, y recordó que mezclando el ojo de araña fermentado del jinete arácnido con azúcar podría crear una poción.

Antes de que alcanzara a recogerlo, escuchó los estridentes sonidos de un ghast. La cuadrada criatura blanca con tentáculos flotaba con los ojos cerrados.

Steve estudió la zona rápidamente en busca de un

buen escondite. Si se acercaba demasiado a los lagos de lava, moriría, y no había árboles tras los que ocultarse ni siniestras cuevas que le proporcionaran refugio mientras aquella criatura pasaba de largo. Los ghasts tenían una visión limitada, y no podría verlo si se escondía detrás de unas hojas o de un cristal, pero no había nada parecido a la vista. Otra opción era volver atrás por el portal, pero en ese caso tendría que enfrentarse al zombi armado. Además, no podía volver a la aldea hasta tener un plan para salvar a Avery la Bibliotecaria, a los otros aldeanos y a él mismo. Intentó mantener la calma con la esperanza de que el ghast pasara de largo, pero era demasiado tarde. El ghast lo vio, abrió sus endemoniados ojos rojos y se dispuso a atacar.

Parecía una medusa con tentáculos blancos, que le nacían de la base del estómago. Emitió una especie de quejido que indicaba que iba a atacar. Sin armadura ni espada, Steve estaba indefenso, y no tenía forma de protegerse del ataque. La cavernosa boca de la criatura se abrió y de ella emergió una bola de fuego que dejó una brillante estela al atravesar el asfixiante cielo del Inframundo. Steve no tenía tiempo de esquivar aquella carga ígnea. De un golpe redirigió la bola de fuego hacia el ghast, que gimió de dolor antes de explotar.

Steve avanzó a través del Inframundo y pasó junto a una cascada de lava hasta que llegó a una zona de arena de almas. Mientras recolectaba bloques de arena, vio una fortaleza en la distancia detrás de un gran lago de lava. De pronto, ¡tuvo una idea! Los diamantes se encontraban en las fortalezas del Inframundo. Si conseguía unos cuantos, podría fabricar una poderosa espada de diamante para atacar al zombi armado.

—Tendré que utilizar cuarenta diamantes —dijo Steve, aunque estaba solo y no tenía a nadie con quien hablar. Extrañaba sus charlas con Eliot el Herrero, y le reconfortaba escuchar sus propias palabras en alto, a pesar de que nadie pudiera escucharlo.

Se detuvo un instante, y movido por la esperanza exclamó:

—Y con esos diamantes, crearé la espada más poderosa del mundo. ¡La utilizaré para matar al zombi de la armadura y ayudar a los aldeanos!

—¿Diamantes? —dijo una voz, y Steve se dio cuenta de que no estaba solo.

—¿Quién eres tú? —preguntó Steve.

—Soy Jack —respondió la voz, y salió de detrás de unos bloques. Llevaba una armadura de diamante azul.

—¡Vaya! Tienes una armadura de diamante. —Steve estaba impresionado. Pero no confiaba en aquel extraño. Podía ser un *griefer*. Pero se sentía solo y quería compañía.

—Si me das un lingote de hierro, puedo enseñarte cómo moverte por el Vacío —dijo Jack.

El Vacío era una zona del Inframundo en la que no había criaturas hostiles. Steve había oído que era una forma segura de viajar a través de aquel siniestro mundo.

—¿Por sólo un lingote de hierro? —Estaba estupefacto. Era un precio muy bajo para una recompensa tan grande.

—Sí —dijo Jack, y Steve le dio el lingote.

De repente, Jack sacó una espada de diamante y se abalanzó sobre Steve. Éste retrocedió de un salto.

—Dame todo lo que tengas en el inventario —exigió Jack—. ¡Ahora mismo!

El brillo azul de la espada contrastaba con el rojo oscuro del Inframundo. Steve echó a correr hacia un lago de lava, pero no tenía escapatoria. O bien se ahogaba en la lava al rojo vivo o lo mataba la espada de Jack.

De repente, Jack y Steve escucharon un sonido espeluznante. Era un ghast. Cuando empezó a atacarles, Jack echó a correr para esquivar las llamas, pero tropezó y se cayó dentro de un lago de lava. Steve quiso arrebatarle la espada de diamante a Jack el *Griefer*, pero era demasiado tarde, porque ya estaba cubierta de lava. Si intentaba siquiera alcanzar la punta de la empuñadura corría el riesgo de quemarse o matarse. Tampoco tenía tiempo de recogerla, ya que había un ghast atacándole.

Steve cambió rápidamente la espada por el arco y las flechas, y con un solo disparo acabó con el ghast.

—¡Ya eres mío! —gritó cuando destruyó al ghast. Acto seguido, miró a su alrededor con inquietud al recordar lo que había ocurrido al hablar demasiado alto. Temía que apareciera otro *griefer*, y tenía que estar preparado.

Steve se había encontrado con el primer *griefer* de su vida y había sobrevivido. Tras la victoria contra el ghast, comenzó a sentir más confianza en sí mismo mientras cruzaba un puente del Inframundo que pendía sobre un mar de lava. Pasó junto a unas enormes columnas hechas de infradrillos, que parecían ascender tan alto como el propio cielo. Había pequeñas hogueras en el piso, así que saltó para esquivarlas. Prestó mucha atención al suelo que pisaba, puesto que nunca se sabía lo que se podía encontrar en aquel lugar. Avanzó hacia la fortaleza con la esperanza de encontrar los diamantes y salvar a sus amigos.

Justo cuando saltaba un pequeño charco de lava, un hombrecerdo zombi apareció dispuesto a atacarlo. El cerdo rosa de cabeza cuadrada y carne putrefacta iba armado con una espada y en modo ataque.

—¡Por lo visto no me quito a los zombis de encima! —pensó Steve mientras con gran habilidad construía un muro de tres infradrillos para resguardarse del hombrecerdo zombi. Después, se subió a lo alto del muro y acabó con él. El ataque generó un grupo de hombrecerdos zombis, dispuestos todos ellos a atacar a Steve. Haciendo uso de los bloques de roca, construyó una caseta con cuatro paredes y picó un agujero en el fondo. Utilizó los bloques para golpear a los hombrecerdos zombis. Cada vez que derrotaba a uno de ellos, de su cuerpo se desprendían lingotes de hierro. Los recolectó rápidamente y los convirtió en una espada.

Empuñando su nueva arma, Steve escapó hacia la fortaleza para buscar los diamantes. Un *blaze* que la sobrevolaba avanzó hacia él. La criatura de cuerpo amarillo y ojos negros le disparó desde las alturas, ya que era la encargada de vigilar aquella majestuosa construcción hecha de bloques del Inframundo. Steve usó un bloque para protegerse de las cargas ígneas que el *blaze* le estaba lanzando.

Aparecieron dos *blazes* más. Ambos le dispararon. Las llamas impactaron a escasos centímetros de su cuerpo, y estuvieron a punto de quemar su nueva espada de hierro. Uno de los *blazes* dejó caer una vara de *blaze* a sus pies. Steve la recogió, convencido de que le sería útil para elaborar pociones. Apenas consiguió esquivar el siguiente ataque. Sabía que la única forma de sobrevivir a aquella lucha contra los *blazes* era fabricar una manzana dorada encantada. Pensaba crear una cuando volviera a la aldea para curar a Eliot el Herrero, pero tenía que usarla ya. Las manzanas doradas encantadas también tenían el poder de proteger del fuego durante cinco minutos, y en aquel momento estaba siendo atacado con llamas. Las manzanas doradas encantadas eran caras de fabricar, pero a medida que las llamas seguían proyectándose hacia el cuerpo de Steve, no le quedó otra opción. Fabricó la manzana dorada encantada con unos bloques de oro y una manzana del inventario; después se la comió de un bocado para estar a a salvo del fuego durante cinco minutos.

La batalla contra los tres *blazes*, que se habían situado frente a la fortaleza, se había convertido en una carrera contrarreloj. Su poder había disminuido gracias a la manzana dorada encantada, pero enseguida comprobó que seguían siendo peligrosas cuando intentaron aplastarlo contra el suelo. Steve sacó la poderosa espada de hierro y acabó con los *blazes*, tras lo que recolectó los orbes de experiencia que soltaron al desaparecer. Exultante tras la victoria, se adentró en la gran fortaleza.

Las paredes estaban decoradas con piedras luminosas. La luz amarillenta que emanaba de las losas parecía reflejarse en los bloques del Inframundo e iluminar la estancia. Aquel entorno le daba a la fortaleza un aspecto grandioso y acogedor. Steve nunca había visto nada tan bonito. De un rápido vistazo examinó los alrededores en busca de algún *blaze*, pero no vio ninguno. Sabía que los ghasts no podían sobrevivir dentro de la fortaleza, porque no sobrevivían en espacios cerrados, y los edificios se construían con materiales resistentes a sus ataques. Este hecho le permitió relajarse y dejarse llevar por la grandeza de aquella gran fortaleza. En el centro de una estancia interior, vio una enorme escalera hecha de infradrillos y arena de almas, y una verruga infernal que brotaba del suelo a ambos lados de la escalera.

Steve descendió por la escalera y se asomó por el borde para recoger la verruga, que resultaba ser un ingrediente fundamental para elaborar pociones. Cuando se estiró para recolectar la primera, un *blaze* emergió de detrás de una pared. Steve utilizó un bloque del Inframundo para cubrirse, ya que era resistente al fuego, le lanzó al *blaze* una estocada y vio cómo caía al suelo, agonizante.

En el momento en que el *blaze* murió, un slime de color rojo oscuro y café salió de un salto de un lago de lava y se plantó en el centro de la escalera. Sus ojos parecían llamas, y por un instante Steve se quedó embobado. Era la primera vez que veía un slime magmático, y la intensidad de su mirada captó toda la atención de Steve. Evidentemente, sabía que era hostil y que tenía que derrotarlo. Con un veloz ataque con la espada, el slime magmático cayó y se dividió en dos. Steve se abalanzó sobre los múltiples *slimes* y golpeó a cada uno de ellos hasta matarlos. El *slime* supuró crema de magma y Steve se apresuró a recolectarla, ya que era muy valiosa en el Inframundo.

Con los ojos bien abiertos por si aparecían más criaturas hostiles, avanzó por la fortaleza en busca de los raros diamantes. Las habitaciones estaban vacías. Puede que otro explorador hubiera estado en la fortaleza antes que él y se hubiera llevado todos los tesoros. Vio cómo aparecían varios *blazes* en una de las estancias cuando se apresuraba a salir al terreno abierto del Inframundo. Esperaba encontrar otra fortaleza para conseguir los diamantes.

Steve no veía más que lagos de lava y hogueras. Podía costarle días encontrar otra fortaleza, y el indicador de hambre estaba al mínimo. No podía continuar la búsqueda en el Inframundo. Tenía que volver a la Corteza Terrestre, donde podría cazar vacas para rellenar la barra de hambre. Tampoco podía volver al portal que había utilizado para llegar al Inframundo, porque tendría que enfrentarse al zombi. Tenía que crear otro portal, lo cual significaba que aparecería en un mundo desconocido. La idea le aterrorizaba, pero era su única salida.

Steve construyó el marco utilizando más obsidiana del inventario. Le prendió fuego y se adentró en el portal. No tenía ni idea de adónde le llevaría. Extrañaba la granja de trigo y los maullidos de Snuggles. Esperaba que su hogar y su ocelote siguieran estando allí donde los dejó cuando volviera a la Corteza Terrestre. En el fondo temía no volver nunca. Mientras viajaba entre los dos mundos, cerró los ojos y fingió que se encontraba en su cómoda cama de lana.

4
CAZATESOROS
EN EL TEMPLO

Steve abrió los ojos y vio polvo. Bueno, no era polvo exactamente. Era arena, y parecía extenderse hasta el infinito. Se encontraba en un desierto, muy lejos de la familiaridad de la granja de trigo y la aldea. A Steve le preocupaba no encontrar comida. Aquello parecía una estepa deshabitada. No había nada. Había oído hablar de gente que había acabado en el desierto viendo espejismos y perdiéndose en su inmensidad. Podía construir una casa con bloques de arenisca o picando. Consternado porque se le estaba agotando el indicador de hambre, caminó por el desierto en busca de algo útil.

El reflejo del sol en los bloques era cegador. Las escaleras estaban hechas de ladrillos de arena. Se subió a lo alto de una pila de bloques para ver si había alguna aldea alrededor, pero no había nada. Pensó que había llegado su hora. Iba a morir y a reaparecer en la granja de trigo. Si ocurría tal cosa, los zombis seguramente le atacarían en su casa. Continuó la ardua marcha a través de los arenosos caminos del desierto con la esperanza de ver algo vivo.

Cuando ya se daba por vencido, Steve comenzó a picar. Si conseguía un buen montón de bloques de arenisca, podría construir una casa y comenzar una nueva vida en aquel mundo desolado. Utilizó el pico y perforó la superficie hasta las profundidades. Después de picar un rato, encontró un enorme cuadrado. ¡Era un templo! Sabía que en él podría encontrar un tesoro. Quizá hasta podría encontrar los diamantes. Cavó un agujero en el centro del templo, que parecía una pirámide egipcia. Cuando entró en él, escuchó unas voces. No estaba solo.

—¿Quién anda ahí? —gritó Steve con la voz temblorosa. Pero no hubo respuesta. Podía oír susurros, y le preocupaba que pudieran atacarle.

—¿Quiénes son? —gritó Steve de nuevo. Silencio absoluto.

De pronto, tres personas surgieron de detrás de un muro de arenisca. Dos chicos y una chica.

—No se lo digas, Henry —le gritó un chico, que llevaba una armadura de cuero teñida de azul y un casco también azul, a su amigo, que sujetaba un pico y llevaba una armadura y un casco, ambos de oro.

—Max, todo el mundo sabe que la única razón por la que la gente se mete en los templos es encontrar los cuatro cofres de tesoros —le dijo Henry a su amigo del casco azul.

—Tienes que confiar en él —añadió la tercera amiga, que llevaba una armadura de cuero rosa y un casco también rosa.

—Lucy, ¿y eso por qué? —Henry parecía estar molesto.

—¿Son cazatesoros? —preguntó Steve al grupo. Después de toparse con el *griefer* en el Inframundo, ya no confiaba en nadie.

—Puede ser —dijo Henry, tajante.

—¿Estás solo? —le preguntó Max a Steve.

—Sí —respondió, con la esperanza de que no fueran *griefers* ni tuvieran la intención de arruinarle el día o incluso matarlo. Pero no llevaba nada de valor encima, porque se había gastado todo el oro en la manzana dorada encantada, y estaba a punto de morirse de hambre.

Echó un vistazo a aquella pandilla, y se dio cuenta de que no le quedaba otra opción que confiar en ellos y unirse al grupo. No tenía elección.

—¿Cómo tienen pensado conseguir el tesoro? Ya saben que tiene trampa —dijo Steve.

—¡Pues claro que lo sabemos! Somos expertos en la materia —dijo Henry.

—¿Quieres unirte a nosotros? Podemos repartir el botín —le ofreció Lucy.

—Si son expertos, ¿por qué necesitan mi ayuda? —Steve tenía sus sospechas.

—Porque nos compadecemos de ti. —Lucy sonrió.

—Nuestro lema es: cuantos más, mejor. Nos encanta hacer nuevos amigos —dijo Max.

Henry miró a sus amigos.

—A lo mejor deberíamos dejarlo en paz. Podría ser un *griefer*. ¿Cómo vamos a confiar en él?

—Parece agradable —dijo Lucy.

—¿Cómo sabes que lo es? —Henry estaba sorprendido—. Acabamos de conocerlo.

—Tienes razón, podría ser un *griefer*, pero parece que nos tiene miedo —dijo Lucy para defenderse.

—Cierto, pero podría estar actuando. Podría ser un *griefer* muy astuto. —Henry nunca confiaba en nadie, pero tampoco eran muchos los que confiaban en él.

—Bueno, sólo hay una forma de averiguar si es un *griefer*. Tenemos que dejar que trabaje con nosotros —dijo Max.

—¿De dónde eres? —le preguntó Henry a Steve.

—Vivo en una granja de trigo cerca de una aldea. Me fui cuando la atacaron los zombis —les contó Steve.

—¿Una granja de trigo? —preguntó Lucy.

—No es sólo una granja de trigo. También cultivo zanahorias, papas y calabazas, y crío cerdos.

—¿Zanahorias? —A Henry le brillaron los ojos. Las zanahorias tenían un gran valor, y supuso que Steve tendría muchos recursos en la granja. Eso significaba que Steve era valioso.

—Sí, tengo una casa grande. —Steve no quería que pensaran que estaba presumiendo, pero estaba orgulloso de su propiedad. Tenía más de seis dormitorios y múltiples camas. Tenía comida suficiente para varios usuarios. Había trabajado mucho para conseguir todo aquello, pero se contuvo para no hablar de más. Se había percatado del brillo en los ojos de Henry, y aquello no le gustaba en absoluto.

—¿Tienes habitaciones de sobra en tu casa? —le preguntó Lucy a Steve.

—Sí, tengo seis —respondió Steve, y añadió sin un motivo concreto—: También tengo un ocelote que se llama Snuggles.

—Eso está bien. —Lucy asintió con la cabeza.

—Si te dejamos unirte a nuestro grupo, ¿nos llevarás a tu granja de trigo? —preguntó Henry con una sonrisa.

—Sí, pero es posible que la hayan asaltado los zombis. Cuando estaba ayudando a los aldeanos, se me cayó la armadura, y ahora hay un zombi con ella suelto por ahí.

—Los zombis armados son muy poderosos —dijo Max.

—¡Ya lo sé! —coincidió Steve.

—Te ayudaremos a matar al zombi —dijo Henry.

—Tengo un plan —añadió Steve. Se dio cuenta de que no podía combatir a los zombis él solo, y como no llevaba nada que pudieran robarle, tenía que confiar en ellos. Necesitaba su ayuda. Así que le dijo al grupo que su plan era encontrar cuarenta diamantes y fabricar la espada más poderosa del mundo.

—Es una idea brillante. —Lucy sonrió.

—Nos apuntamos —dijo Henry.

—¿Por qué? —Steve no conseguía despejar sus sospechas.

—Nuestro hogar fue destruido, y preferimos buscar tesoros a construir una casa. Si viviéramos en tu granja, podríamos ir en busca de incontables tesoros y recolectar joyas —le dijo Henry a Steve.

—Y Max es un gran guerrero—añadió Lucy—. Así que si fuera tú lo tendría en tu bando.

—¡De acuerdo! —respondió Steve. Iba a confiar en aquellas personas, iba a hacer nuevos amigos, pero, de pronto, cuando entraba en el templo, se dio cuenta de que en realidad podría estar cayendo en una trampa cazabobos.

5
TRAMPAS
CAZABOBOS

—¡**C**uidado! —gritó Lucy.

Steve miró hacia abajo; había estado a punto de caer en la cámara del templo. Cuando se fijó en el suelo, vio nueve bloques de dinamita y lana teñida.

—Ahí está la placa de presión —le dijo Max a Steve—. Es la primera vez que entras en un templo, ¿verdad?

—Sí —dijo Steve humildemente—. Hasta ahora nunca había ido más allá de la aldea que hay cerca de mi granja. Desde el ataque de los zombis, he estado en el Inframundo...

Max lo interrumpió.

—¿Conseguiste sobrevivir en el Inframundo?

—¡Increíble! —dijo Lucy con admiración.

—Yo he estado en todas partes —dijo Henry con confianza—. Y voy a enseñarte cómo funciona esto. Lo primero, no pises la placa de presión o estarás perdido.

—Tenemos que cavar a su alrededor —le explicó Lucy a Steve, y todos comenzaron a picar por debajo del templo en busca de los cuatro cofres de tesoros.

—Espero que los cofres tengan diamantes y que podamos usarlos para fabricar la espada —dijo Steve. Estaba entusiasmado.

—No podemos pararnos a hablar de lo que vamos a encontrar. Tenemos que concentrarnos en llegar a ello. Y requiere mucha habilidad —dijo Max.

—Vamos a recoger la lana y la dinamita de la trampa —sugirió Lucy.

—¡Buena idea! —dijo Henry—. Es muy valiosa, y además es divertido volar cosas con ella.

—¡Henry! —Lucy parecía molesta cuando añadió—: No se trata de volar cosas. Se trata de encontrar el tesoro.

A Steve le encantaba escuchar sus bromas. Había estado mucho tiempo solo, y ahora comprendía lo importante que era la amistad, sobre todo de parte de otros exploradores y aventureros, como él mismo. Aquellos nuevos amigos podían ayudarlo —habían evitado que pisara la placa de presión—, al contrario que los aldeanos. Steve podía ayudarlos, pero ellos nunca podrían corresponderle, porque estaban indefensos y no podían enfrentarse a las criaturas hostiles.

El grupo siguió picando en el foso hasta que aterrizó con un ruido sordo en una cámara. Steve alzó la vista y vio unas llamas, que ardían en las antorchas que cubrían las paredes de la cámara. Mientras avanzaban por las entrañas del templo permanecían alerta por si había alguna trampa, y exploraron con calma aquella zona desconocida.

—¡Nos acercamos al tesoro! —exclamó Max.

—Tenemos que andar con cuidado —explicó Henry—. Si activamos la dinamita, no sólo moriremos, también volaremos los cuatro cofres y destruiremos el botín.

A Steve le impresionaba el talento de Henry para la caza de tesoros. El grupo siguió picando y abriéndose camino hacia la cámara secreta y se aseguró de no accionar la dinamita. A medida que golpeaban los muros del templo con los picos, los ladrillos de arena se iban amontonando a sus pies. Entraron en una habitación grande repleta de ladrillos de arena y cuatro agujeros. Henry se acercó al primer agujero y el grupo lo siguió de cerca. ¡No había nada! Los otros dos agujeros también estaban vacíos. Finalmente, se dirigieron al último hueco y encontraron un cofre.

—¡Atrás! —advirtió Henry a los demás.

El grupo retrocedió hasta la pared.

—¿Qué pasa, Henry? —preguntó Max.

—Tengo dudas. ¿Por qué iban a dejar un cofre aquí? No tiene sentido —explicó Henry.

—¿Podría ser una trampa? —preguntó Lucy.

—No estoy seguro, y no voy a correr el riesgo. Creo que deberíamos dejarlo —dijo Henry.

—Henry tiene razón. —Max se colocó junto a su amigo—. Si lo abrimos y está cargado de dinamita, podría explotar y matarnos a todos.

Steve se preguntaba si morir sería para tanto. Él reaparecería en su cama, y todo aquello no sería más que un lejano recuerdo. Pero entonces recordó a los zombis.

—Quiero ver si tiene diamantes —les dijo Steve.

—No vale la pena —respondió Max.

—Pero es que necesito esos cuarenta diamantes. Tengo que salvar la aldea. Necesito una espada poderosa —explicó gritando.

—Sé que quieres esa espada, pero ésta no es la forma de conseguirla. Esto no va a tener un final feliz —le advirtió Lucy.

—No es la primera vez que hacemos esto. Sabemos lo mal que puede acabar —le explicó Henry a Steve.

—Además, los diamantes son difíciles de encontrar. Si

abres el cofre y no explota, lo más probable es que con-
tenga carne podrida y oro —dijo Lucy. Quería que fuera
consciente de la realidad de la caza de tesoros.

Steve se acercó al cofre.

—¡Para! —le gritó Lucy—. ¡Un *griefer* puede haberlo
trucado para que explote!

Max miró su brújula.

—Miren todos nuestras posiciones, por si acaso mo-
rimos. Tenemos que saber dónde encontrarnos los unos
a los otros.

—Tengo mis coordenadas —les dijo Lucy.

—Amigo, ¿de verdad crees que soy tan tonto como
para abrirlo? No soy como ustedes. No me gusta que me
maten —se defendió Steve—. ¿Por qué no lo abres tú?

—No corremos riesgos absurdos. Nadie dejaría un
cofre atrás, a menos que se trate de un *griefer* que esté
usando *mods* para crear errores e intentar hacer daño a
alguien —dijo Henry.

Steve se preguntaba cómo es que Henry sabía tanto
sobre los *griefers*.

—Vámonos de aquí. Creo que hay otro templo cerca
donde puede que haya algún tesoro —les dijo Henry.

—Vamos a seguir el mapa. Saquen las brújulas —dijo
Lucy. Antes de que pudieran escapar, el suelo bajo sus
pies se hundió y comenzaron a caer, sin la menor certeza
de dónde acabarían.

6
CALABOZOS
Y EXPLOSIONES

¡**P**af! El grupo aterrizó en el suelo de una oscura habitación.

—¿Dónde estamos? —preguntó Steve con voz temblorosa.

—¿Dónde está Max? —preguntó Henry a su vez, nervioso.

De pronto, Max descendió y aterrizó junto a ellos. Sujetaba una antorcha.

—Tomé esto durante la caída —les dijo.

—¡Qué listo! —dijo Lucy—. Vamos a echar un vistazo.

La luz de la antorcha ayudó al grupo a orientarse a través de los oscuros corredores del calabozo. Un pistón salió de la pared y apagó la llama. Intentaron avanzar por los intrincados túneles del calabozo valiéndose de la luz que salía del agujero que había en el techo. Cada paso que daban parecía costarles una eternidad. No ver en la oscuridad los ponía nerviosos.

—¿Qué es eso? —Lucy señaló una luz que provenía de la pared—. ¡A lo mejor es una salida!

La luz desprendía un intenso brillo rojizo. Se desvaneció.

—Ahora está allí —dijo Henry. Intentó señalar, pero era inútil. Ni siquiera podían distinguirse los pies.

Max gritó:

—¡Yo la veo aquí!

La voz de Steve comenzó a quebrarse.

—No son luces. ¡Son arañas!

Las paredes del calabozo estaban plagadas de ojos de arañas. Max se abalanzó sobre una de ellas y la abatió con un poderoso golpe de espada. El impacto fue tan potente que hizo un agujero en la pared, y un fino rayo de luz iluminó la habitación.

Cuando Max se dio la vuelta, vio que un zombi acechaba en una esquina cerca de sus amigos.

—¡Cuidado! —les advirtió.

Steve sacó la espada de hierro y mató al zombi al instante.

—¡Hay más! —exclamó Lucy. Aparecieron cuatro zombis, que surgieron de las oscuras esquinas del siniestro calabozo mientras las paredes continuaban llenándose de arañas. Sus ojos iluminaban la estancia. La luz que emanaba del agujero de la pared no bastaba para que los cazatesoros vieran o contuvieran los ataques de las criaturas hostiles, que se alimentaban de usuarios nocturnos.

—Estamos atrapados —dijo Lucy sin aliento al tiempo que mataba a la décima araña.

Steve cargó contra los zombis mientras Max intentaba matar a todas las arañas que saltaban desde las paredes. Una de ellas se tiró sobre Max, pero él se la sacudió de encima de un puñetazo y acabó con ella con la espada.

Daba igual la cantidad de zombis y arañas que el cuarteto eliminara, seguían sin poder contener aquella invasión de criaturas hostiles. Eran demasiado numerosas.

Lucy golpeó a una araña con todas sus fuerzas produciendo un tremendo agujero en uno de los muros exteriores del calabozo. La lava comenzó a filtrarse por él. Lucy le asestó otro golpe aún más enérgico, y el hilo de lava se hizo más abundante. Henry se acercó a su compañera y comenzó a golpear el muro con el pico.

—¿Por qué pierden el tiempo en derribar la pared? —preguntó Steve, molesto porque lo habían dejado solo contra la horda de zombis, que a duras penas repelía, hasta que vio que la lava se estaba filtrando por la grieta.

—Tenemos que inundar la habitación de lava —le explicó Henry.

—¡Usen los picos para hacer un agujero en la pared de donde venía la luz! —les dijo.

Mientras Max y Steve picaban un túnel para escapar, Lucy y Henry crearon una cascada de lava que se precipitó por el calabozo. Lucy y Henry corrieron hacia el túnel. La lava fluía tras ellos, y tuvieron que acelerar el paso para evitar que los abrasara.

¡Lo habían conseguido! Steve echó la vista atrás para ver cómo los ojos rojos de las arañas eran engullidos por la candente lava naranja, que inundaba el calabozo y ahogaba a los malvados zombis y a las escurridizas arañas.

Los cazatesoros consiguieron llegar a la cámara secreta. Henry corrió hacia la lana azul y cogió la dinamita.

—¿Qué vas a hacer con eso? —A Steve no le hacía ninguna gracia que Henry tuviera explosivos.

—¿Tú qué crees? ¡Voy a volar este sitio! Está lleno de criaturas hostiles y no hay ni un tesoro.

Ascendieron por la escalera de arenisca, cruzaron las enormes puertas y salieron del templo a toda prisa. Una vez fuera, Henry colocó la dinamita junto a una antorcha de piedra roja. Cuando se alejaban corriendo hacia el arenoso terreno abierto, el templo explotó. ¡Bum! Estalló en llamas. Una gran nube de humo ascendió por el aire al tiempo que los escombros salían disparados sobre sus cabezas. Los cuatro amigos se protegieron del cascajo. Los muros se derrumbaron alrededor de la estructura y sólo quedó un esqueleto que indicaba el lugar donde aquel templo, que en otro tiempo albergaba grandes tesoros, se alzaba en el desolado desierto del Minecraft.

7
CUEVAS,
TORMENTAS
Y OTRAS
AMENAZAS

Steve tenía que admitir que escapar del templo del desierto y verlo arder en llamas había sido de lo más emocionante, pero sabía que ése no era el modo de vida que quería. Deseaba abandonarlo todo y volver a la aldea. Tenía que darse prisa en encontrar los diamantes.

—Tenemos que salir del desierto —anunció Steve.

—Somos cazatesoros. Vivimos en el desierto —le dijeron sus nuevos amigos.

—Pero es imposible vivir aquí —protestó Steve.

—Ya te acostumbrarás. —Lucy le dio una palmada en la espalda.

—Creí que querían volver a la granja conmigo —dijo Steve.

—Nos gustaría visitarla, pero nos encanta cazar tesoros —respondió Henry.

A Steve le gustaban sus nuevos amigos, pero también extrañaba su hogar. Sabía que tarde o temprano iba a tener que enfrentarse a aquella decisión. ¿Iba a quedarse con ellos o a volver a casa? Mientras caminaban, Steve vio vegetación a lo lejos.

—Mira, Steve, deseo concedido —dijo Henry—. Por lo que parece el desierto acaba aquí.

—Es un prado —apuntó Steve al tiempo que señalaba una zona de tierra verde.

—¡Parece una cueva! —Max estaba emocionado—. ¡Vamos a picar!

—No nos queda comida —les advirtió Steve—. Se supone que para ir a picar es necesario llevar un cubo de agua y picos. ¿No ven que tenemos los indicadores al mínimo? Me muero de hambre.

La barra de hambre de Steve estaba casi agotada. Tenía que volver a la granja.

—Lucy es una gran cazadora. Puede conseguirte lo que quieras —dijo Henry.

Lucy respondió:

—Traeré un cerdo para comer. No puedes darte por vencido ahora, Steve. Tienes que volver a casa con esa espada de diamante.

Los cerdos pastaban en el prado, y Lucy se equipó con el arco y las flechas para abatirlos.

—Ya podemos darnos el festín —anunció a sus amigos.

—Gracias —dijo Steve mientras su indicador de hambre se rellenaba.

—Confía en nosotros, Steve —dijo Henry al tiempo que señalaba en dirección a la cueva—. Tenemos que picar en esa cueva. Te prometo que va a ser divertido. Sólo tienes que darle uso al equipo de tu inventario. Que no te dé miedo gastarlo.

—Es que tienes pinta de acaparador —comentó Max riéndose.

—¿De qué? —Steve estaba confundido.

—Lo guardas todo, pero nunca quieres utilizarlo. Estoy seguro de que tienes muchos picos y espadas asombrosas —dijo Max.

—La última vez que usé una armadura, se me cayó y un zombi me la robó. Por eso mismo me metí en todo este lío —explicó Steve.

—Pues sí, se ve que la pasaste mal —dijo Henry—. Pero piensa en el lado positivo. Si nunca hubieras perdido la armadura ni hubieras cruzado el portal, nunca nos habrías conocido. Y si lo que quieres es encontrar diamantes, vas a tener que picar en una cueva con lava.

—Sí, lo normal es que la lava y los diamantes aparezcan en las mismas cuevas —añadió Lucy.

—Pero la lava mata —advirtió Steve.

—¿Quieres derrotar a los zombis y salvar la aldea o no? —preguntó Henry.

—¡Claro que sí! —respondió Steve al tiempo que se equipaba con el pico e intentaba ocultar el miedo que le daba la primera expedición minera de su vida.

—Lo conseguirás, Steve, si te quedas con nosotros —le dijo Henry con total confianza.

—¡Vamos a buscar diamantes en la cueva! —Lucy estaba deseando ponerse a picar.

La cueva estaba oscura, pero no daba tanto miedo como Steve se imaginaba. El techo era bajo, así que el equipo permaneció agrupado mientras utilizaban los picos para cavar. Steve no percibía ni rastro de las criaturas hostiles, y comenzó a relajarse y a disfrutar de la expedición.

—¿Oyes eso? —preguntó Lucy.

—Parece agua —respondió Max sin dejar de estrellar el pico contra el suelo de la oscura cueva.

—También podría ser lava —dijo Henry.

—¡Diamantes! —gritó Steve, que estaba haciendo acopio de toda su energía para atravesar el suelo de la cueva. El grupo empezó a recolectar carbón, hierro y oro.

—No se excedan —dijo Henry. Y enseguida gritó—: ¡Cuidado!

Una araña de cueva se escabulló por un hueco en la pared. Sabían que era venenosa, y tenían que matarla.

—Tenemos que destruir el generador —les dijo Max a los demás—. Es la única forma de detenerlas.

Las telarañas fueron cubriendo la cueva, y las paredes se convirtieron en un hervidero de aquellas criaturas.

—¡Ay! —gritó Henry.

—Lo picaron —chilló Lucy.

—¡Tengo leche en el inventario! —anunció Steve, y se acercó a Henry. Le tendió la leche y le dijo:

—Bébete esto, te ayudará a sentirte mejor.

Henry bebió. La leche ayudaba a atenuar los efectos del veneno de las arañas de cueva, y su indicador de vida se rellenó.

—Y nosotros riéndonos de que era un acaparador —comentó Lucy sonriendo—. Si no hubiera tenido leche, Henry podría haber... —Se interrumpió. Si Henry hubiera muerto, habría vuelto al punto de aparición y quizá nunca habría conseguido volver con el grupo.

—Tenemos que detener a las arañas —dijo Henry débilmente, tras darle un trago a la leche.

—Has tenido suerte de que Steve tuviera leche —dijo

Max mientras asfixiaba a una araña que se le había acercado con sigilo.

—Aguanta al menos seis segundos —le dijo Henry a Max—, o no se morirá. Estas arañas son peligrosas.

—Agarra una antorcha, Max —ordenó Lucy—. Odian la luz.

—¡Tengo una en el inventario! —Steve sacó una antorcha.

—¡Estar preparado siempre ayuda! —exclamó Lucy—. Y tú, amigo mío, estás muy bien preparado.

Steve avanzó por la cueva con la antorcha y la colocó en una de las paredes. La luz reveló la seriedad del ataque. Parecía que la cueva estuviera recubierta de arañas, que no cesaban de aparecer a cada segundo. Max cogió un puñado de grava y se lo lanzó a las arañas, con lo que destruyó a un grupo que correteaba a sus pies.

Steve comenzó a construir un muro.

—Steve, no hay tiempo para construir —le dijo Henry con firmeza.

—No estoy construyendo. ¡Nos estoy salvando el pellejo! —Steve cogió más ladrillos—. Acérquense a mí. Max, por favor, trae a Henry hasta aquí.

Los compañeros se acercaron a Steve mientras éste construía el muro, gracias al que les bloqueó el paso a las arañas y el grupo salió de la cueva.

—Steve, nos has salvado —dijo Henry sonriendo—. Eres el amo de la construcción.

—Yo soy la ama de la caza —añadió Lucy enseguida.

—Yo soy el amo de la espada —alardeó Max.

—¿Y yo qué? —bromeó Henry con el grupo.

—Tú eres el amo de los *griefers* —dijo Max, y Henry le lanzó una mirada de odio.

—¿Qué? —preguntó Steve, estupefacto.

—Era una broma —respondió Henry.

—Todo el mundo sabe que eres el amo de los cazatesoros, Henry. Siempre se te ocurren grandes estrategias para conseguir los tesoros —dijo Lucy.

—Sí, eso es lo que soy —dijo Henry, orgulloso. Se puso en pie frente a sus compañeros como si estuviera aceptando un premio ante una multitud—. Soy el amo de los cazatesoros.

—Al que le pican las arañas de cueva —dijo Max como quien no quiere la cosa.

—No tiene gracia. —Henry le dio un empujón amistoso.

Lucy sonrió a sus compañeros.

—Es genial que cada uno tenga un papel.

—Juntos vamos a ser el equipo más poderoso del mundo —añadió Henry.

De repente, Steve esquivó una flecha que le pasó muy cerca de la cabeza.

—A no ser que acaben con nosotros antes —dijo Steve.

—¡Esqueletos! —gritó Max. Una nueva batalla estaba a punto de comenzar.

8
ESQUELETOS

El sonido de un desfile de huesos traqueteantes precedía a los esqueletos que marchaban y disparaban flechas contra el intrépido cuarteto desde lo alto de una colina.

Un esqueleto bajó de un salto, y Max se abalanzó sobre él blandiendo la espada. De un potente tajo le arrancó la cabeza. Esto enfureció al resto de los esqueletos, que les disparaban tan rápido como podían.

Una flecha surcó el aire, y Henry cayó de espaldas.

—¿Te dieron? —preguntó Lucy.

—En el brazo —dijo Henry al tiempo que se levantaba y lanzaba una flecha con la otra mano—. Duele, pero saldré de esta.

La vida de Henry seguía mermada a causa de la picadura de la araña, y aquel ataque la redujo aún más. La batalla lo estaba debilitando.

Steve eliminó a dos esqueletos con la espada. Cuando tres de ellos lo rodearon, abatió a uno. Los otros dos le apuntaron con los arcos. Se dio cuenta de que aquello podía ser el fin. Después de tantos combates, iban a matarlo, reaparecería en la aldea, y aun así no podría ayudar a los aldeanos. Se sentía apesadumbrado, y estaba a punto de rendirse. De pronto, Lucy y Max aparecieron por detrás de los esqueletos y los derribaron con las espadas.

—Hay demasiados —dijo Lucy mientras observaba cómo un sinfín de esqueletos se acercaba al grupo. El cielo comenzó a oscurecerse. Los ojos negros de los esqueletos se hacían casi invisibles en la noche teñida de color carbón.

—Tenemos que buscar refugio —dijo Steve al tiempo que un esqueleto le asaltaba por detrás y lo derribaba. Steve se levantó y acabó con él.

Dos pares de ojos violeta brillaron entre el mar de esqueletos.

—Son dos *endermen* —le gritó Lucy a Steve—. No te quedes mirándolos.

Pero era demasiado tarde, ya los había provocado. Se teletransportaron y aparecieron en el grueso de la batalla.

—Ahí abajo hay agua —dijo Lucy tras subir a la colina para huir de los esqueletos—. Tenemos que saltar y nadar.

—Usa un cubo de agua —gritó Henry.

—¡Tengo uno en el inventario! —chilló Steve al grupo, pero era demasiado tarde. Lucy estaba atrapada.

—No puedo —gritó Lucy cuando los dos *endermen* se teletransportaron frente a ella.

Un esqueleto acorraló a Steve. Max le hundió la espada en la cabeza. Pero todavía quedaban seis más por vencer. El cuarteto estaba debilitado, y sus indicadores de vida y hambre estaban en las últimas. Unos minutos más y sería una batalla perdida.

Los *endermen* rodearon a Lucy.

—¡Socorro! —gritó a sus amigos.

Steve veía cómo Lucy hacía frente a aquellos monstruos con la espada, pero sus ataques no los debilitaban.

La vio saltar al agua desde la colina. Los dos *endermen* se tiraron detrás de ella y se zambulleron en su propia muerte.

Cuando Lucy salió del agua, más ojos de color violeta aparecieron a lo lejos. Se acercaban más *endermen*.

—¡Esto es interminable! —dijo mientras volvía a meterse en el agua. Los *endermen* la siguieron y sucumbieron al mismo destino que los otros.

Un *creeper* acechaba en la oscuridad. Se acercó a Max con sigilo. Ya tenía a la criatura verde casi encima cuando Lucy gritó desde el agua:

—Cuidado, Max, ¡un *creeper*!

—¡Tú también tienes uno detrás! —le gritó Henry a Lucy cuando ella se detuvo en la orilla.

Los sigilosos monstruos verdes tenían la habilidad de acercarse furtivamente por detrás de los jugadores y desencadenar una explosión que acababa tanto con el jugador como con el propio *creeper*.

Lucy corrió tan rápido como pudo hacia Steve, Henry y Max. Empuñando la espada, atacó a los esqueletos contra los que combatían sus amigos. Los esqueletos arremetían contra el grupo. Los cuatro amigos reunieron todas sus fuerzas para luchar contra aquellas criaturas de la noche, y el grupo mermó a aquellos monstruos huesudos con las espadas.

—Si tuviéramos la espada de diamante, esta batalla sería mucho más fácil —dijo Steve mientras acababa con un esqueleto.

—¿Oyen eso? —les preguntó Lucy.

El siseo de un detonador activado provenía de los *creepers*. ¡Iba a haber una explosión! El grupo se alejó a toda prisa cuando los *creepers* avanzaron hacia los esqueletos. ¡Bum! Los *creepers* explotaron y se desintegraron después de lanzar su ataque. Aparecieron tres discos de música allí donde cayeron los cuerpos. Steve recogió los discos mientras Lucy y Max acababan con el resto de los esqueletos.

—Cuando consigamos los diamantes, guardaremos uno para fabricar un tocadiscos. Y cuando volvamos a la granja, daremos una gran fiesta para celebrar nuestra victoria.

Todos comenzaron a vitorear, pero antes de que pudieran saborearlo, ¡les lanzaron una flecha!

—¡Más esqueletos! —gritaron al unísono, y el grupo vio que más *endermen* se les estaban aproximando.

—¿Cómo vamos a salir de ésta? —preguntó Steve aferrando los discos con fuerza. No quería que sus compañeros se dieran cuenta de que le temblaba la mano, porque estaba nervioso.

De pronto, un fuerte estallido resonó en el cielo nocturno. Cuando empezaron a caer las primeras gotas de lluvia, los *endermen* se retiraron, y Max, el diestro guerrero, venció al último esqueleto. El repiqueteo de la lluvia contra los bloques producía un efecto relajante sobre el grupo, que estaba agotado por la batalla.

—Deberíamos buscar refugio —dijo Steve, en cuyo cuerpo rebotaba la lluvia.

—Miren qué pila de huesos. —Max se la enseñó a los demás con orgullo—. Puede que hayamos tenido dificultades durante la lucha, pero hemos ganado mucha experiencia y ahora podemos aprovechar todos estos huesos.

—Espero que no nos crucemos con lobos —dijo Lucy.

—Pero ahora podemos domesticarlos. —Max sujetó un hueso.

—Los lobos ahuyentan a los *endermen* —añadió Steve.

Un pollo se puso a la vista, y Lucy lo cazó y les dijo:

—Tenemos que rellenar los indicadores de hambre.

La lluvia amainó, y el grupo se sentó. Comieron e intentaron descansar sin dejar de vigilar por si aparecían más criaturas hostiles.

—Tenemos que encontrar los diamantes —dijo Steve.

—A lo mejor deberíamos dejar de buscarlos. Quiero ir por un tesoro —dijo Henry mientras se comía el pollo y observaba cómo sus indicadores de hambre y vida se iban recargando.

—Tengo que salvar la aldea. Soy su única esperanza —dijo Steve. Estaba enojado.

—No pasa nada si no vuelves a casa. Buscar tesoros es mucho mejor y más divertido —soltó Henry.

—¿Y qué pasa con la fiesta? —Steve cogió los discos.

—Suena bien, pero yo quiero ir a buscar tesoros —protestó Henry.

—Pensaba que iban a ayudarme a encontrar los diamantes —les dijo Steve a sus compañeros—. Pensaba que querían formar parte de mi viaje. —Steve por fin había encontrado unos amigos con los que le gustaba estar, y ahora tenía que abandonarlos.

—Y así fue, pero, para ser sincero, la espada de diamante no es tan importante para nosotros —dijo Henry.

—¿Ustedes dos están de acuerdo con él? La espada de diamante es la espada más poderosa. ¿Es que tienen una? —preguntó Steve mientras miraba a Max y a Lucy.

Se quedaron en silencio. Ninguno tenía una espada de diamante, y querían una. No sabían qué decir.

—Me voy por mi cuenta —anunció Steve—. Voy a

picar hasta encontrar los diamantes, y voy a fabricar esa espada. ¡Después utilizaré una mesa de encantamientos para hacerla aún más poderosa! —Comenzó a alejarse del grupo, que estaba sentado en un campo de cadáveres de esqueletos junto a la pila de huesos.

—¿No quieres llevarte algún hueso, Steve? —gritó Lucy.

—Steve, vuelve —suplicó Max—. Te ayudaré con lo de los diamantes.

—¿En serio? —Steve se dio la vuelta.

—Sí —dijo Max—. Siempre quise tener una espada de diamante superpoderosa. Nunca he tenido una. Ni tampoco he estado en una fiesta.

—¿De veras? —preguntó Steve.

—Sí. Quiero esa espada —dijo Max—. No me importa lo que diga Henry. Creo que tiene miedo de que no encontremos los diamantes.

—¡Eso es mentira! —exclamó Henry. Estaba bastante alterado.

—¿Y por qué lo estás poniendo tan difícil? —Lucy estaba molesta.

—Soy muy capaz de encontrar los diamantes sin ustedes —les dijo Henry—, lo que me preocupa es que no puedan encontrarlos por su cuenta, y eso me haría sentir mal.

Los compañeros no cuestionaron a Henry, porque sabían que estaba enojado y había cometido un error.

—Ven con nosotros —dijo Steve.

Con la cabeza baja, Henry respondió:

—Estaba equivocado. Yo también voy a ayudarte. No es muy habitual cruzarse con alguien que de verdad quiera ayudar a unos aldeanos.

—Quiero ver tu granja, y quiero bailar al ritmo de esos discos —añadió Lucy.

El grupo partió para embarcarse en la aventura minera más épica de todos los tiempos. Cuando el sol comenzó a salir, escucharon ladridos a lo lejos.

—Menos mal que tenemos los huesos —dijo Max.

9
DOMESTICANDO
AL LOBO

Armados con los picos, la cuadrilla comenzó a cavar en busca de diamantes. Bajaron por una escalera de la Corteza Terrestre y se adentraron en las profundidades. Las paredes que los rodeaban estaban hechas de bloques multicolores. Atravesaron todos y cada uno de ellos con cuidado. Cuanto más hondo picaban, más esperanzas tenía Steve de encontrar diamantes. Era consciente de que sólo aparecían a una gran profundidad bajo la superficie. Había oído rumores sobre gente que había tenido que descender más de dieciséis capas para encontrarlos.

—Creo que he encontrado algo —dijo Lucy en alto mientras se abría camino con el pico a través de un muro.

Steve acudió enseguida con la esperanza de ver un brillante diamante azul, pero no era más que grava.

—Tengan cuidado con la grava —les dijo Max a los demás—. Se nos puede caer encima. Vamos a intentar crear una mina, nos será de ayuda.

Henry colocó una antorcha en la pared para alumbrar mientras los demás ampliaban los muros del túnel para crear una mina.

—Hay que cavar muy hondo para encontrar diamantes —explicó Henry.

—Llegar a los cuarenta va a ser imposible —dijo Lucy con desánimo.

Steve tenía que esforzarse al máximo para atravesar las paredes. Daba los golpes con cuidado para que la lava no se filtrara desde el otro lado. Sería cuestión de segundos que inundara el túnel y los matara a todos. En cuanto vieron una gota de lava, el grupo abandonó el túnel y comenzó a ascender.

Sintieron una ráfaga de viento helado, y emergieron a un campo de polvo blanco.

—¿Qué es esto? —Steve temblaba, cegado por el, en apariencia, interminable mundo de arena blanca.

—¡Es nieve! —aclaró Henry—. Estamos en el Ártico.

—Me encanta —dijo Lucy mientras correteaba por los alrededores y comenzaba a tirar bolas de nieve al aire—. Hacía mucho tiempo que no pisaba el bioma del Ártico. Había olvidado lo divertido que era.

—¡Vamos a hacer un muñeco de nieve! —sugirió Max.

—¿Es que podemos hacer eso? —preguntó Steve tímidamente.

—Podemos hacer lo que queramos —respondió Max—. ¡Hasta podemos construir un iglú!

A Steve se le hacía muy raro sentir el aire helado en los pulmones. Nunca había estado expuesto al frío, y deseó tener un abrigo de lana. No quería que sus amigos se enteraran de lo raro que le hacía sentirse aquel clima. Se preguntó por qué todos parecían estar disfrutando de él.

—¡Anímate! —le dijo Lucy a Steve—. Al principio es

un poco extraño, ¡pero enseguida te acostumbras y la pasas bien!

Steve tuvo la sensación de que le había leído la mente. ¿Conseguiría realmente adaptarse al frío? Mientras observaba cómo sus amigos se divertían en la nieve, se dio cuenta de que quizá Lucy tenía razón. Tenía que relajarse y disfrutar de aquel bioma.

Steve había agarrado un puñado de nieve y había comenzado a ayudar a sus amigos a hacer el muñeco cuando escuchó una pesada respiración.

—¿Qué es eso? —preguntó.

El resto del grupo no parecía haberlo notado y continuaba jugando con la nieve como si nada.

—Soy una princesa de las nieves —dijo Lucy mientras bailaba alrededor de Max y Henry, que seguían concentrados en el muñeco.

—Qué lástima que no estemos en la granja —dijo Henry—. Necesitamos una zanahoria para la nariz.

—¡Pues sí! —coincidió Max—. ¡Y tenemos que encontrar algo para los ojos!

Pero Steve no podía prestarle atención al muñeco de nieve. No dejaba de oír jadeos a lo lejos. Parecían provenir de un grupo de animales salvajes, y se estaba asustando.

—Oigo una respiración —les dijo a los demás, pero nadie lo escuchaba.

Max se subió a una alta colina cubierta de nieve.

—Veo algo —les gritó Max.

—¡Ya lo decía yo! —le respondió Steve.

—Es un río congelado. Creo que podríamos deslizarnos y patinar por encima.

—¡Oigo una respiración! —gritó Steve—. ¿Es que soy el único?

—¡Patinaje sobre hielo! —dijo Lucy—. ¡Me encanta patinar sobre hielo!

De pronto, una manada de lobos blancos salió de detrás de un árbol cubierto de nieve. Sus ojos negros destacaban contra su blanco pelaje, que se camuflaba en el terreno nevado.

—¡Ya les había dicho que se oía algo! —gritó Steve cuando la manada comenzó a correr hacia el grupo.

—Preparen las armas —les dijo Henry. Él sacó la espada, y la manada de lobos emprendió la huida por el terreno congelado. Sus patas dejaban huellas húmedas en la nieve.

—¡Bien hecho, Henry! —dijo Lucy con una sonrisa y un puñado de nieve en la mano—. ¡Los asustaste!

Sin embargo, uno de los lobos se había quedado y estaba acercándose a Steve. Sus afilados y amenazantes dientes brillaban en el paraje nevado.

—Tengo un hueso —anunció Steve al tiempo que Henry, Lucy y Max se disponían a lanzarle bolas de nieve al lobo hostil, que gruñía.

Poco a poco el lobo se aproximó a Steve e inspeccionó el hueso con recelo. El hocico del lobo recorrió el hueso del esqueleto. Steve se lo dio, y el animal comenzó a rodar alegremente sobre sí mismo. Le apareció un collar rojo alrededor del cuello.

—¡Lo has domesticado! —exclamó Max.

—Ya tienes otra mascota —dijo Lucy al acercarse y acariciar al lobo domesticado, que ahora tenía la misma apariencia que un perro.

—Vamos a crear un yunque y a ponerle una etiqueta —propuso Henry cuando Max y él se unieron a Lucy para jugar con el perro.

El lobo se sacudió la nieve del pelaje y miró a Steve. Era su mascota, y tenía un control absoluto sobre ella. Durante el resto de los días de Steve en Minecraft, el lobo le sería leal. Los lobos tenían la capacidad de teletransportarse cuando sus dueños necesitaban que los protegieran. Eran fieles de por vida.

Steve utilizó el yunque y decidió un nombre para su nuevo amigo:

—Voy a llamarte Rufus —le dijo al lobo—. Tengo un ocelote llamado Snuggles del que he estado cuidando desde hace mucho tiempo. Espero que se lleven bien.

El lobo le dio a Steve un pequeño empujón con el hocico mientras el grupo seguía trabajando en el muñeco de nieve y en el iglú. Steve se relajó y jugó con su nueva mascota. Intentó enseñarle a sentarse, y se imaginó las aventuras que vivirían juntos.

—¡Le gustas! —dijo Lucy con una sonrisa.

Rufus correteó hasta el muñeco de nieve que Max y Henry acababan de terminar.

—¿No te parece divertido? —le preguntó Lucy a Steve.

—Sí —admitió.

—¿No te gustaría que nos quedáramos un rato más? —dijo Max, que estaba de pie al lado del muñeco de nieve.

—Pero tenemos que encontrar los diamantes y salvar a los aldeanos —les dijo Steve para recordarles sus verdaderos planes.

Todos estuvieron de acuerdo. Se habían tomado un agradable descanso, pero tenían una misión que habían prometido cumplir.

Rufus siguió a Steve de cerca a medida que el grupo se

abría camino a través de la superficie helada en busca de una mina abandonada donde hubiera diamantes.

Steve le echó un último vistazo a aquel mundo invernal. Le pareció un lugar mágico al ver la nieve caer lentamente del cielo. Se apartó los húmedos copos de los ojos.

—¿Verdad que es precioso? —le preguntó Lucy mientras los picos los alejaban más y más de la superficie y los acercaban al sueño de Steve.

10
¡BRUJAS!

Las minas que se encontraban bajo la superficie nevada estaban vacías. Steve estaba empezando a perder la esperanza, pero su lobo Rufus estaba muy contento de formar parte de la aventura.

—Encontraremos los diamantes —le dijo Lucy con la intención de animarlo mientras ascendían por el túnel.

Se abrieron paso hasta la superficie, donde el sol brillaba. A Steve el húmedo aire del lugar se le pegaba a la piel.

Al salir, se encontró metido en un terreno pantanoso.

—Genial... —dijo sacudiéndose el agua de las botas.

—Es el pantano —dijo Max, que observaba el agua cubierta de nenúfares. Rufus se aproximó a ellos y comenzó a beber de la ciénaga.

El agua era de un intenso color azul, y el cielo tenía un brillo violáceo. Estaba empezando a anochecer, y la luna llena se hacía más visible por momentos. Steve nunca había visto nada tan brillante y a la vez tan siniestro. En el pantano, cañas de azúcar y árboles cubiertos de enredaderas brotaban de las zonas acuosas.

—Miren qué asco esa ciénaga verdosa —dijo Steve señalando una zona de lo que parecía ser agua contaminada.

—¡Eso no es agua! —gritó Max—. ¡Son *slimes*!

Los cuadrados cuerpos verdes de los *slimes* se fueron aproximando al grupo. Henry sacó el arco. Disparó una flecha a uno de ellos, que soltó una enorme bola de slime en el cielo del atardecer y esparció pegotes de slime en todas direcciones. El grupo se protegió de la viscosa sustancia verde.

Henry agarró unas enredaderas y dijo:

—Podemos crear una escalera de mano para escapar de los *slimes*.

Max apiló unos cuantos bloques frente a ellos para amortiguar la caída mientras el grupo trepaba a las alturas del pantano.

—La luna se está agrandando —dijo Lucy.

—O es que nos estamos acercando a ella —añadió Max.

—No, hay luna llena. —Se percibió un ligero temblor en la voz de Henry cuando pronunció las últimas palabras—. Y eso sólo puede significar una cosa. ¡Brujas!

—¿Brujas? —Steve no podía más. Todavía no se habían librado de los *slimes* y ya tenían que estar pensando en las brujas.

—Voy a... —Henry dio un grito al caerse de la escalera. Los bloques detuvieron la caída, pero no pudo volver a agarrarse a las enredaderas y acabó en el suelo.

—Tenemos que ayudarlo —dijo Steve, que al descender se encontró rodeado por tres *slimes*.

Lucy se equipó con el arco y las flechas mientras bajaba por las enredaderas. Disparó a uno de los *slimes*. Steve retrocedió para evitar que una bola de slime le empapara. De pronto, un mini-*slime* saltó sobre él y lo hirió. De un golpe se lo quitó de encima.

Max saltó desde la escalera de mano y hundió la espada en los *slimes*. Sus verdosas entrañas salieron disparadas por los aires.

Steve se apresuró a acercarse a Henry.

—¿Estás bien?

—Sí, ¡pero atento a tu espalda! —le advirtió Henry—. Es el sombrero de una bruja.

El edificio de color café se elevaba sobre el musgoso pantano. Sobre él, la luna seguía creciendo, ocupando el cielo mientras las estrellas brillaban. Una pequeña mujer abrió la puerta principal. Estaba bebiendo de un diminuto frasco que contenía una poción.

—¡Una bruja! —dijo Lucy, que empezó a correr—. Ten cuidado, Steve, se está tomando una poción de rapidez. Tenemos que darnos prisa.

Steve agarró a Henry por el brazo y lo jaló para levantarlo del cenagoso terreno y alejarlo de la bruja. Rufus siguió a Steve sin dejar de ladrar a las brujas, pero los lobos no producían efecto alguno sobre aquellas malvadas criaturas.

La bruja echó la vista al frente y avanzó rápidamente por el pantano tras los cazatesoros. Sus ojos color lavanda se oscurecieron a medida que sus labios engullían más nauseabundos brebajes. A la bruja se le cayó el sombrero, y su túnica verde y violeta ondeó al viento mientras cargaba hacia ellos.

Cuando Steve miró atrás para ver su malvado rostro, de nariz enorme con una verruga, su cuerpo despedía un fulgor violeta. La bruja les lanzó una poción y acto seguido comenzaron a frenarse.

—¡Nos ha atrapado! —gritó Henry.

—Es una poción de debilidad —añadió Max.

La bruja empezó a cambiar de color. La neblina color violeta que la rodeaba se hizo más densa a medida que se tomaba más pociones.

—Nos va a lanzar más pociones —advirtió Lucy—. Tengo algunas por aquí que podrían sernos de ayuda. —Lucy tomó una poción de fuerza del inventario—. Esto debería funcionar.

Max corrió hacia la bruja y la atacó con la espada. Ella le lanzó una poción arrojadiza, y una gota del líquido rozó la piel de Max.

—Es veneno —dijo Max, que comenzó a sentirse débil y mareado. Su indicador de vida se tornó verde.

—¿Podemos hacer algo por Max? —preguntó Steve.

—El veneno no dura mucho —dijo Lucy—, pero tiene que marcharse a otro lugar y descansar. Tenemos que salir de aquí para que Max pueda recuperarse.

Mientras tanto Henry luchaba contra la bruja. Ésta dio un salto para esquivar el golpe de su espada. Max era el experto en combate, y Henry no estaba a su altura. Steve se unió a Henry y atacó a la bruja, pero no la hirió. Ella sacó otro frasco y comenzó a beberse otra poción. Esta vez el brebaje la hizo aún más fuerte, y más difícil de vencer. La bruja sacó otra poción arrojadiza y la apuntó hacia Steve y Henry.

Henry agarró a Steve y ambos comenzaron a trepar por las enredaderas. Lucy cargó contra la bruja y acabó con ella de un acertado flechazo.

—¡Bien hecho, Lucy! —exclamó Henry.

Los dos amigos descendieron por las enredaderas y se detuvieron junto a Max.

—¿Adónde podemos llevarlo? —preguntó Henry.

Steve recogió una poción de debilidad que se había

caído al suelo. Se la guardó en el inventario para curar a Eliot el Herrero.

Steve se quedó mirando el océano de color azul oscuro que se extendía a lo lejos.

—Tenemos que construir unas barcas —sugirió Steve.

Los compañeros enseguida reunieron la madera de sus inventarios y comenzaron a fabricar cuatro pequeñas barcas.

—¿Te queda vida suficiente para subir a la barca? —preguntó Lucy.

Max asintió con la cabeza. Puede que estuviera débil, pero alejarse de aquel pantano infestado de brujas era la única posibilidad de sobrevivir.

—Vigila por si vienen brujas —le dijo Henry a Max mientras el equipo trabajaba en las barcas.

Max vio que una bruja atravesaba el pantano. Les dijo:

—Se nos acerca una. Debe de haber usado una poción de rapidez. Se mueve muy rápido.

Lucy cargó contra la bruja, pero ésta le lanzó una poción arrojadiza de lentitud y el paso de Lucy comenzó a frenarse. Un esqueleto salió de entre las sombras.

—Esqueletos y brujas. ¡Esto parece Halloween! —gritó Henry mientras corría hacia Lucy para salvarla. Sacó el arco y disparó una flecha a la bruja, con lo que la derribó y acabó con ella. A la bruja se le cayó un frasco de cristal de entre las manos, y Henry se acercó para recogerlo.

—Dulce o truco —dijo con una sonrisa al tiempo que atacaba al esqueleto, que cayó de espaldas con un sonoro ruido. Henry cogió el hueso que dejó en el suelo.

—¡Por lo visto todos prefieren el dulce! —exclamó mostrando los objetos a sus compañeros.

—Vamos a subirnos a las barcas —dijo Lucy mientras

caminaba a paso lento hacia ellas. Permanecía alerta por si aparecían más criaturas hostiles que estuvieran acechando en aquel mundo plagado de siniestros pantanos y cuya única fuente de luz era la luna llena.

Metieron las barcas en el agua. Las cuatro pequeñas embarcaciones se alejaron de las aguas pantanosas y se adentraron en la quietud del mar.

—Podemos usar las estrellas de guía —dijo Max, que estaba mirando hacia arriba y señalando la Estrella Polar y Orión.

—Aquí se respira calma —dijo Steve, sentado en la barca y con Rufus nadando a su lado. Se sentía a salvo de las criaturas, y estaba disfrutando del viaje. A pesar de que la granja de trigo estaba cerca del océano, era la primera vez que se subía a una barca.

—Igual deberías hacerte marinero —bromeó Henry desde su barca.

Los cuatro botes flotaban unos junto a otros. Steve se levantó, y su barca se balanceó un poco.

—Me pregunto cuánto tardaremos en ver tierra —dijo.

Daba la sensación de que el océano era infinito. De pronto, la barca de Steve chocó contra algo. ¡Crac!

—¿Qué fue eso? —preguntó Steve mientras se asomaba para examinar los daños.

La barca de Max colisionó con fuerza contra el mismo objeto, y él añadió:

—¡Creo que hemos chocado con algo!

—¡Es un calamar! —dijo Henry, y señaló el calamar azul con tentáculos que se aproximaba hacia el bote.

—¡Mi barca se hunde! —gritó Steve.

Antes de que Lucy o Henry pudieran hacerle un hueco en sus botes, se escucharon otros dos golpes secos.

—¡Nos dio a todos! —gritó Henry.

—¿Qué vamos a hacer? —pregunto Steve, alterado.

—¿Tú qué crees que vamos a hacer? —dijo Henry al saltar por la borda—. ¡Hay que nadar!

El resto de compañeros se tiraron al agua. Rufus nadaba al lado de Steve mientras buscaban tierra en aquel mundo acuático. Parecía que tendrían que nadar toda una eternidad. Max estaba agotado. La poción de la bruja le había dejado casi sin vida. Cuando ya pensaban que no podían dar una brazada más, avistaron tierra.

—¡Una isla! —gritó Max con esperanza.

Nadaron hasta la orilla y se encontraron en una isla desierta. Lucy vio un pollo y lo abatió de un flechazo.

—Tenemos que comer —les dijo a los demás ofreciéndoles un poco de pollo.

El sol estaba saliendo y Steve fue a explorar la pequeña isla para ver si encontraba algún tipo de recurso.

—¡Miren estos huevos! —dijo Steve, que se había arrodillado junto a ellos para verlos mejor.

—Son huevos de lepisma. Y pueden ser mortales —le explicó Henry a Steve.

Steve se apresuró a sacar la espada y comenzó a destruirlos antes de que Max tuviera la ocasión de pronunciar la palabra: «¡Para!».

Los huevos se abrieron, y de ellos nacieron lepismas.

—Algún *griefer* los habrá puesto aquí. Los dejan porque la gente que no sabe nada de estos huevos intenta destruirlos para matar a los lepismas. Lo que tampoco saben es que es así como se generan —le dijo Henry a Steve.

—Haz un pilar —le gritó Max a Steve.

Steve construyó en un abrir y cerrar de ojos un pilar

de dos bloques para sus compañeros. Lucy tomó un puñado de grava y acabó con los lepismas al lanzárselo.

—No me gusta esta isla. Tengo la sensación de que
está plagada de las trampas de algún *griefer* —dijo Henry
cuando se bajó del pilar.

—Qué apuestan a que aquí hay algo de valor y quieren evitar que nos lo llevemos —dijo Lucy.

Max echó un vistazo alrededor, localizó una cueva y
dijo:

—Yo creo que quieren mantenernos alejados de allí.

—¿De la cueva? —preguntó Steve, con Rufus a su
lado.

—Estoy bastante seguro de que allí encontraremos
los diamantes —dijo Henry, y se dirigió a la cueva. El grupo lo siguió. Steve tomó un pico del inventario.

—¡A cazar diamantes! —dijo Steve con una amplia
sonrisa.

11
DIAMANTES
Y LAVA

Con los picos listos, fueron abriendo un agujero más y más hondo en el suelo de la cueva.

Cuando Steve se fijó en su brillante pico, pensó en todas las herramientas que Eliot le había proporcionado y en una de las últimas conversaciones que tuvieron antes del ataque zombi. Eliot estaba trabajando en la herrería, y Steve quería intercambiar esmeraldas por el pico de hierro.

—Algún día tendré un pico de diamante —dijo Steve.

—Pues tendrás que salir y buscarlo por tu cuenta. En esta tienda no hay nada de tanto valor —respondió Eliot.

¡Si Eliot supiera que Steve estaba buscando diamantes e intentando fabricar una espada de diamante! No se creería que el gallina de Steve estaba viviendo una aventura. Era evidente que Steve ni siquiera sabía si volvería a ver a Eliot ni, si se daba el caso, si podría salvarlo de vivir como un zombi.

—Miren lo que encontré —dijo Max levantando la voz.

Era una mina abandonada. El grupo hizo un túnel y entró en ella.

—Es una buena señal —les dijo Lucy—. Una vez encontré diamantes en una mina.

A los pocos segundos, distinguieron el brillo de unos puntos azules en las paredes.

—¡Diamantes! —gritó Steve de alegría.

Mientras extraían los primeros diamantes de las paredes de la mina, un muro de piedra base apareció de repente frente a ellos, y quedaron atrapados.

—¡Un *griefer*! —gritó Henry.

—El *griefer* nos ha tendido una trampa —se lamentó Lucy—. ¿Por qué iba a hacer algo así?

—¡Porque también quiere los diamantes! Les dije que los huevos de lepisma eran una trampa. Seguro que no se imaginaba que llegaríamos tan lejos —dijo Henry.

—Supongo que el *griefer* nos vio venir y dejó allí los huevos —añadió Max.

—Pero necesitamos esos diamantes. ¡Tenemos que salvar a los aldeanos! —exclamó Steve.

Estaba enojado. Habían llegado muy lejos, y todo para que un *griefer* les robara los diamantes y los atrapara.

Max empezó a romper un muro de piedra con el pico.

—Tenemos que salir de aquí. No vamos a permitir que se quede con los diamantes —dijo.

Enfurecida, la cuadrilla derribó el muro, pero había otro detrás.

—¡Esto puede ser eterno! —Lucy estaba agotada.

—Estoy convencido de que éste es el último. La mina no es tan grande —dijo Henry.

—Para cuando lleguemos al otro lado, tanto los diamantes como el *griefer* se habrán esfumado —dijo Steve, que seguía disgustado.

Cuando los últimos restos del muro se derrumbaron, se encontraron cara a cara con el *griefer*.

—¡Quisiste atacarnos con lepismas! —le gritó Max al *griefer*, que llevaba un casco naranja y sostenía cuatro diamantes.

—Estos diamantes son míos —dijo el *griefer* al tiempo que sacaba una espada de diamante y la empuñaba ante el grupo.

—¡Nos tendiste una trampa! —dijo Lucy, que también empuñaba su espada. Estaba dispuesta a luchar.

—Lucy, déjalo —dijo Henry—. No vale la pena luchar. No quiero que te ocurra nada por enfrentarte a este ladrón tramposo.

—¡Los diamantes son míos! —repitió el *griefer*.

A los compañeros les preocupaba que el *griefer* no estuviera solo y que los superaran en número, pero aquellos malvados bribones normalmente viajaban en solitario.

—¿Y si compartimos los diamantes? —sugirió Steve.

—¿Compartir? —dijo el *griefer*, que empezó a reírse—. Yo no comparto.

—Entonces tendremos que luchar —dijo Henry, y se acercó al *griefer* con la espada en ristre.

Steve advirtió que los ojos rojos de una araña lo miraban fijamente. La araña se aproximó con sumo sigilo por detrás del *griefer*. Steve empujó al *griefer* contra la pared. Éste golpeó de cabeza contra la araña, que comenzó a atacarlo. El *griefer* cayó al suelo, y Max eliminó a la araña con la espada.

—¡Salvados por la araña! —exclamó Lucy, que acto seguido se acercó a la pared y comenzó a recolectar todos los diamantes que le cabían en el inventario.

—Odio a los *griefers* —dijo Max—, pero me encantan los diamantes.

—¡Diría que hay más de cuarenta! —dijo Steve mientras extraía las joyas azules de la pared de la mina abandonada.

—No se excedan —dijo Henry mientras empezaba a contar los diamantes.

Las paredes de la mina estaban abarrotadas de bloques azules, y la cuadrilla picó tan rápido como pudo.

—Hay que tener cuidado —advirtió Henry—. Creí escuchar un río de lava al otro lado de esta pared.

Los compañeros fueron guardando los diamantes en los inventarios a medida que extraían los bloques de la pared con cuidado de no provocar una cascada de lava.

—¡Vamos a salvar a los aldeanos! —dijo Steve con alegría.

—¿Cómo vamos a volver a la aldea? —preguntó Lucy.

—Tengo un portal en el Inframundo que puede llevarnos a la aldea —dijo Steve. Continuó picando mientras les contaba su plan de vuelta.

—¡Nunca he estado en el Inframundo! —dijo Lucy, y luego añadió que había oído rumores sobre él y que sabía que podía ser un lugar muy peligroso.

—Estoy seguro de que nunca se habrían imaginado tener el inventario a rebosar de diamantes —dijo Steve, orgulloso.

—¡Juntos no hay nada que se nos resista! —dijo Henry mientras examinaba su inventario. Tenía pinta de estar satisfecho con el botín. Henry se sentó en el suelo junto a Steve para seguir contando diamantes.

—No se relajen tan pronto —advirtió Max—. No es momento de contar el botín. Seguimos estando en las profundidades de una mina. Puede pasar cualquier cosa.

—¡Tenemos cuarenta! Tal y como habíamos planeado —exclamó Steve.

Lucy recogió el último diamante de la pared y dijo:

—Max tiene razón, tenemos que salir de aquí. —Señaló una enorme araña que correteaba por la pared de la cueva y que saltó sobre el grupo.

Con un único golpe de la espada de oro de Max, la araña cayó de espaldas.

—Cuando fabriquemos las espadas de diamante, seré aún más poderoso —dijo.

—¿Espadas? —preguntó Steve—. Pensaba que sólo íbamos a fabricar una espada con los diamantes, y que yo iba a usarla para destruir a los zombis.

—¿Sólo una espada? —respondió Henry, asombrado—. Ahora eres tú el que se comporta como un *griefer* y el que sólo piensa en sí mismo.

Steve sopesó el comentario de Henry. Se preguntó si no sería mejor que todos tuvieran espadas y pudieran luchar en equipo en lugar de combatir él solo a los zombis con una espada superpoderosa. Utilizó la mesa de trabajo para fabricar picos para todo el grupo. Se los entregó a sus amigos.

—¿Nos ofreces picos de diamante, pero no nos vas a hacer las espadas? —preguntó Lucy, perpleja.

—Si nos equipamos todos con picos de diamante, podremos salir antes de aquí—afirmó Steve.

—¿No estarás intentando salvarte el pellejo? —preguntó Max. Estaba muy enojado.

—Ni siquiera tenemos una mesa de encantamientos —les dijo Henry a los demás—. Así que estos diamantes no sirven para hacer una espada superpoderosa.

Lucy sujetaba el pico.

—A mí esto ya me parece superpoderoso. Pero tienes razón. Para fabricar una espada superpoderosa se necesita una mesa de encantamientos.

Steve sabía que sus compañeros tenían razón. Pero no entendía qué le había pasado. ¿Por qué se había vuelto tan avaricioso? Todos los miembros del grupo debían tener espadas, sobre todo si iban a ayudarlo a salvar la aldea.

—Será mejor que lo dejemos para después —dijo Lucy, tras lo que empezó a golpear la pared para abrir un camino y salir del túnel—. Tenemos que salir de aquí.

—Yo no pienso ir con Steve si va a ser tan avaricioso —dijo Max.

Henry coincidió:

—Quédate con tus diamantes, Steve. Ahí te quedas.

Steve miró a sus amigos. Cambió de idea y dijo:

—Vamos a hacer cuatro espadas de dos diamantes cada una. No sé qué me pasó. Estaba portándome igual que Henry.

Henry le lanzó una mirada de odio y le respondió:

—En serio, colega, no es momento de peleas. Tenemos que permanecer unidos.

—Tienes razón. Supongo que quería ser el único héroe y salvar a mis aldeanos —dijo Steve.

—No son tus aldeanos —puntualizó Lucy.

—¡Steve, cuidado! —Henry agarró a Steve de la mano y juntos escaparon por el túnel. Un torrente de lava naranja comenzó a brotar por un agujero de la pared.

12
EL [SIN]FIN DEL INFRAMUNDO

El aire se había convertido en un mar de niebla violeta cuando Steve utilizó el último bloque de obsidiana para construir un portal al Inframundo que todos cruzaron y gracias al que escaparon por los pelos del inesperado torrente de lava del otro lado.

—Miren, una cascada de lava —dijo Lucy señalando una cascada que discurría frente al portal—. El Inframundo tiene un encanto especial, pero también parece extremadamente peligroso.

Steve no se consideraba experto en nada, y menos ahora que compartía viaje con sus nuevos amigos cazatesoros, pero ya había estado antes en el Inframundo y conocía muchas técnicas de supervivencia.

—No es tan siniestro como parece —les dijo a los demás. Los condujo por un puente hacia el portal que los llevaría de vuelta a la Corteza Terrestre y a la aldea.

—Qué calor hace aquí, y qué rojo es todo —dijo Lucy. Observó desde el puente el extenso paraje rojizo de aquel mundo desconocido.

Cuando salieron del puente, Lucy se acercó a una parcela de tierra con flores rojas.

—No sabía que crecieran flores en el Inframundo —dijo Max.

—Son preciosas —dijo ella al olerlas.

—¡Cuidado! —Henry sacó el arco y las flechas y disparó a un *blaze* que flotaba sobre él. El fuego se proyectó hacia ellos desde lo alto y aterrizó en las flores.

—¡Nos has salvado! —dijo Steve.

—Pero has destrozado las flores —dijo Lucy, enojada.

—¡Shhh! —Steve se llevó un dedo a los labios—. ¿Oyen eso?

—¿El qué? —preguntó Henry.

—Oigo a alguien hablar —susurró Steve.

—Yo no oigo nada —dijo Lucy prestando atención.

—Tenemos que impedir que nos roben los diamantes —dijo Steve con desconfianza. ¿Y si alguien los había visto hacerse con los diamantes y los había seguido? ¿Y si el *griefer* de antes no estaba solo?

—Ahora lo oigo —dijo Lucy mirando a su alrededor para ver si encontraba a los que hablaban.

—Allí —dijo Max, y señaló a dos personas que había junto a un lago de lava.

—Escondan los diamantes —les dijo Steve a sus compañeros cuando los dos desconocidos comenzaron a acercarse.

Tenían un aspecto muy extraño. Su piel era del color del arcoíris. Se aproximaron al grupo. Uno de los tipos arcoíris llevaba una brújula en la mano.

—Nos hemos perdido. ¿Pueden ayudarnos? —les preguntó el tipo arcoíris de la brújula.

—Las brújulas no funcionan en el Inframundo —respondió Steve, convencido de que eran dos granujas que estaban a punto de asaltarles.

Steve se acordó de la fortaleza saqueada del Inframundo. Quizá habían sido ellos los que se habían llevado las joyas.

—¿De dónde son? —preguntó Steve.

—Somos de la Corteza Terrestre. Hemos utilizado un portal y hemos acabado aquí abajo —respondió el hombre arcoíris.

Rufus empezó a ladrar a la pareja de desconocidos, y Steve se lo tomó como una señal de que podían ser de los malos. El lobo siguió ladrando, y Steve se llevó la mano a la espada.

—¡Cuidado! —gritó uno de los hombres arcoíris. Por detrás de ellos se acercaban dos descomunales esqueletos grises.

—¡Esqueletos wither! —chilló Henry.

Rufus no ladraba a los hombres arcoíris, sino a los malvados esqueletos wither. Los monstruos grises atacaron al grupo, y uno de ellos golpeó a Steve con su espada de piedra. Él aferró los diamantes con fuerza al caer al suelo.

Max sacó la espada de oro y golpeó a uno de los esqueletos. ¡Crac! Los huesos se esparcieron por el suelo.

Un hombre arcoíris y el esqueleto wither que quedaba se enzarzaron en una lucha. Sus espadas danzaban por el aire a medida que el combate se intensificaba.

El hombre arcoíris le arrebató la espada de la mano al esqueleto wither y le dio el golpe de gracia con el que lo eliminó.

—¡Lo conseguimos! —dijo Steve al levantarse del suelo.

—Ustedes no, fue gracias a mí —dijo el hombre arcoíris, que se giró hacia Steve y le golpeó con la espada. Steve gritó de dolor.

—Adelante, entréguenos los diamantes —demandó el otro hombre arcoíris.

—No tenemos —dijo Lucy con la voz temblorosa.

—Mentira. Los hemos seguido desde la mina —respondió uno de los hombres arcoíris. Se aproximó a Lucy, y su espada quedó muy cerca de la cara de ella.

Dos *blazes* aparecieron flotando en el cielo nocturno. Descubrieron al grupo y abrieron las bocas para soltar sus cargas ígneas. Lucy dio un salto y consiguió esquivar la bola de fuego, que impactó en uno de los hombres arcoíris. El otro corrió hacia su amigo y fue engullido por las llamas.

—Nos vemos, *griefers* —gritó Lucy mientras ella y sus compañeros cruzaban el tórrido Inframundo en busca del portal de Steve.

Ya tenían la sensación de que llevaban horas buscando, cuando Henry señaló una fortaleza.

—¿Es ésa la fortaleza en la que estuviste? —preguntó.

Steve no lo sabía. Todo le resultaba muy similar, y estaba cansado, confundido y hambriento.

—No estoy seguro —respondió a medida que se acercaban a la fortaleza.

—No te preocupes —dijo Lucy con una sonrisa—. De todas formas vamos a tener que convertir los diamantes en espadas antes de regresar. Y primero tenemos que...

Max la interrumpió:

—¡Crear obsidiana!

—Eso es —dijo Henry—, y todos sabemos que la mejor forma de hacerla es utilizar lava.

Se detuvieron. Un mar de lava se extendía ante ellos. Lucy tropezó.

—¡Cuidado! —gritó Max.

13
EL VIAJE
HACIA EL FIN

Henry sujetó a Lucy para evitar que se cayera en la lava al rojo vivo. Para crear obsidiana se necesitaba lava y agua, pero el proceso era extremadamente peligroso. Después de que Lucy estuviera a punto de caer en el lago, el grupo tenía miedo de que no consiguiera hacer obsidiana, elemento fundamental para fabricar una mesa de encantamientos.

—Sin mesa de encantamientos con la que crear las poderosas espadas, los diamantes no sirven de nada —dijo Steve con el ceño fruncido. Rufus se mantenía junto a su amo.

—Voy a intentarlo de nuevo —dijo Lucy. Con gran valentía situó el cubo al nivel de la lava, pero enseguida retiró la mano y dijo:

—Me voy a quemar. No va a funcionar.

—Esto no es viable —les anunció Max.

—Tengo un plan —dijo Henry con una sonrisa—. No les va a hacer ninguna gracia, pero creo que deberíamos ir al Fin.

—¿El Fin? —preguntó Lucy dejando escapar un grito ahogado.

—Es la guarida del dragón del Fin. —A Steve le tembló la voz.

Conocía al dragón del Fin por lo que había leído sobre él. Era el jefe de los *endermen*, y sobrevivir a un ataque de semejante monstruo parecía prácticamente imposible.

—El dragón del Fin podría matarnos a todos en cuestión de segundos —le dijo Max a Henry.

—En el Fin hay pilares de obsidiana. Podemos fabricar una mesa de encantamientos para crear un portal hacia la Corteza Terrestre —respondió Henry.

—No vale la pena —protestó Steve—. Aquí también podemos hacer obsidiana.

Steve cogió el cubo e intentó llenarlo de lava, pero no podía alcanzarla sin caerse dentro. Era demasiado complicado. Rufus se quedó mirando la lava y se alejó.

—¿Cómo podemos llegar al Fin? —preguntó Steve mientras se sentaba junto al lago de lava.

—Tenemos que utilizar un portal —les dijo Henry—. Sólo se pueden crear en las fortalezas del Inframundo.

La fortaleza se encontraba a cierta distancia. Reinaba un silencio mortal entre los cuatro amigos hasta que Steve dijo:

—Estoy nervioso. Nunca he estado en el Fin.

—Yo tampoco —dijo Lucy—, pero tenemos que conseguir la obsidiana. ¿Cómo, si no, vamos a ayudar a tus aldeanos?

Henry confesó:

—También va a ser mi primera vez.

—¿¡Qué!? —Steve no lo podía creer—. Vas a llevarnos a un lugar del que no sabes nada. Podríamos morir todos.

—Estoy convencido de que, como grupo, tenemos el

poder para vencer al dragón del Fin —dijo Henry en defensa de su plan.

—Tienes mucha fe en nosotros —dijo Steve. Aquello le sorprendió.

—Sí, ya ven lo lejos que hemos llegado. ¡Tenemos cuarenta diamantes! —dijo Henry con orgullo.

Por suerte, no había ningún *blaze* vigilando la fortaleza, así que cruzaron la puerta de entrada. Una vez dentro del rojizo edificio, buscaron el generador de *blazes*.

—Tenemos que destruir el generador y conseguir las varas de *blaze* para crear el portal hacia el Fin —dijo Henry.

Un par de *endermen* apareció por los corredores de la fortaleza. Steve tomó la espada y se lanzó contra las criaturas. Uno de ellos se desplomó en el suelo de la fortaleza.

—No sabía que había *endermen* en el Inframundo —dijo Lucy señalando al *enderman* que estaba por allí.

—Nos habrán seguido a través del portal —dijo Max.

—¡Ayúdenme! —gritó Steve a sus amigos—. Recojan las perlas de *enderman*.

Cuando se eliminaba a un *enderman*, éste soltaba perlas de *enderman*. El equipo las necesitaba para fabricar un ojo de *enderman*, que a su vez era fundamental en la creación del portal hacia el Fin.

Max se unió a Henry, y juntos dispararon flecha tras flecha hasta que acabaron con los *endermen* y tuvieron suficientes perlas de *enderman* para llegar al Fin.

—¡Qué extraño! —remarcó Steve—. Cuando estuve aquí solo los *blazes* no dejaron de atacarme, pero esta vez no hemos visto ni un solo generador.

—Y tenemos que encontrarlo ya, porque me estoy

quedando sin energías. Mi barra de vida está bastante baja —dijo Lucy mientras recogía la última de las perlas de *enderman*.

Era cierto, el grupo se estaba quedando sin vida. Ya había pasado un buen rato desde que Lucy había cazado aquel pollo para ellos. Tenían que llegar al Fin cuanto antes.

—Creo que he visto un generador de *blazes* —dijo Max señalando una habitación. El grupo fue a investigar, pero estaba vacía.

De pronto, aparecieron dos *blazes* en la estancia.

—¡Atáquenlos! —gritó Henry.

Las criaturas lanzaron una ráfaga de llamas, y cuando los compañeros retrocedieron, estuvieron a punto de caer en una cascada de lava que discurría por el centro de la fortaleza.

Max utilizó el arco y las flechas para abatir a un *blaze* mientras los otros tres amigos recogían las varas de *blaze*.

Tres *blazes* más se acercaron flotando y comenzaron a disparar. Steve propuso de mala gana utilizar la manzana dorada encantada que había estado reservando para Eliot el Herrero. Ahora que tenía la poción de debilidad, necesitaba también aquella manzana dorada para curar a Eliot. Se imaginó que el herrero pasaba el resto de su vida como un zombi. Los ladridos de Rufus lo sacaron del ensimismamiento, y se dispuso a atacar.

—Tengo algo que puede sernos útil —dijo Lucy, y el grupo quedó protegido de los poderosos ataques de los *blazes*. Valiéndose de las espadas y los arcos, el equipo venció a los monstruos.

—Ya tenemos suficientes varas de *blaze* —dijo Steve. Sintió una descarga de adrenalina cuando recogió la última vara.

Henry comenzó a construir el portal hacia el Fin mientras los demás vigilaban que no aparecieran más criaturas hostiles, como los viscosos *slimes* magmáticos.

Crearon el portal hacia el Fin en una amplia habitación de la fortaleza. El rectángulo estaba enmarcado por doce ojos de *endermen*. Un polvito negro salía del portal y ascendía en el aire.

—¡No quiero ir! —gritó Steve.

—Tenemos que entrar ya —exigió Henry.

—Se supone que si entras en el Fin, ¡ya no hay vuelta atrás! —Steve estaba temblando.

—No, podremos volver a la Corteza Terrestre una vez que acabemos con el dragón del Fin —dijo Lucy. Lo afirmaba como si vencer al dragón del Fin fuera coser y cantar. Era una trampa mortal. Un imposible. Y antes de que Steve tuviera ocasión de huir, Henry lo empujó al portal. Los demás lo siguieron, y se dirigieron hacia el Fin.

14
EL DRAGÓN
DEL FIN

El Fin era un lugar oscuro con plataformas verdes flotantes. Los compañeros aterrizaron en una plataforma y se fijaron en un gran pilar de obsidiana.

—¡Miren! —Henry hizo una señal—. Los pilares están hechos de obsidiana. Lo único que tenemos que hacer es conseguir unos cuantos bloques y vencer al dragón, entonces podremos irnos.

—¿Ves los cristales en lo alto de los pilares? —le preguntó Steve a Henry.

—Sí —respondió.

—¿Sabes para qué sirven? —preguntó Steve, aunque ya sabía la respuesta. Todos la sabían. Aquellos cristales le proporcionaban energía al dragón. Aunque lo golpearan, tenía muchas formas de sobrevivir. Alimentarse de los cristales era sólo una de ellas.

—No importa —dijo Henry con firme confianza—. Podremos con él igualmente.

A Lucy le temblaron las piernas cuando se acercó al borde de la plataforma.

—Si nos caemos —dijo señalando la oscuridad que se extendía bajo sus pies—, nos perderemos en el vacío.

—No te acerques, Rufus —le dijo Steve al lobo. Rufus se quedó a su lado, obediente.

—Hay una superficie verde por la que podemos avanzar —dijo Steve mirando hacia abajo—. Deberíamos construir un puente hacia esa escalera.

La descomunal escalera verde estaba a unos metros de distancia de la plataforma. Los compañeros fueron construyendo el puente a medida que añadían bloques de obsidiana a los inventarios.

—Ya tenemos suficiente obsidiana para fabricar una mesa de encantamientos —anunció Steve.

—Pero primero tenemos que acabar con él —dijo Lucy. Le tembló la mano cuando señaló al enorme dragón negro que volaba hacia ellos.

Los ojos color violeta del dragón brillaban en el oscuro cielo del Fin. Debajo de él, en la superficie, había un ejército de *endermen*.

Max disparó flechas al dragón. Una de ellas se clavó en la cabeza del monstruo, que se precipitó hacia el grupo de *endermen* que había abajo y se estrelló cerca de ellos.

—¡Lo conseguimos! —gritó Steve desbordante de alegría.

—No va a ser tan fácil —dijo Max disparando otra flecha. El dragón se levantó y voló hacia el grupo. Estaba listo para atacar.

—Ahora sí está enojado —continuó Max, que le disparó de nuevo, pero falló.

Henry, Lucy y Steve también lanzaron flechas a la bestia.

—Al menos nosotros somos cuatro y él solamente uno —dijo Lucy al hacer blanco en el monstruo volador.

El dragón emitió un rugido ensordecedor cuando la

flecha perforó su escamosa piel. El grupo quiso cubrirse las orejas, pero no podían soltar las armas.

—Al dragón le queda poca vida. Es nuestra oportunidad —anunció Henry.

El dragón se acercó lentamente hasta los cristales y comenzó a comérselos. No pareció afectarle la flecha de Steve, que le dio en el estómago.

—Tenemos que deshacernos de los cristales —les dijo Lucy—. Si lo conseguimos, el dragón no podrá regenerarse.

El grupo apuntó a los cristales y los fue destruyendo, pero el dragón ya se había comido los suficientes y volaba hacia ellos a gran velocidad.

Se agacharon cuando el rugiente dragón pasó sobre ellos. Max le dio con una flecha. Rufus ladró, pero el dragón del Fin no le prestó atención al lobo.

El siguiente rugido del dragón fue mucho más fuerte que el anterior. El monstruo estaba dispuesto a acabar con aquellos extraños que se habían atrevido a desafiarlo. El poderoso dragón no quería mostrar debilidad, pero estaba malherido, y los compañeros se dieron cuenta de que podían vencerlo.

—Parece que lo herimos. Sigan disparando, chicos —dijo Henry mientras el equipo intentaba volver a hacer blanco en aquella amenaza voladora, con la esperanza de conseguir asestar el golpe de gracia que acabara con el dragón del Fin.

—¡*Endermen*! —gritó Steve al ver que los *endermen* se aproximaban por el puente. Steve tomó calabazas del inventario—. Si se las ponen en la cabeza, pasarán desapercibidos.

Los *endermen* no los verían si se ponían aquellas máscaras. Con las calabazas en la cabeza, el grupo disparó al dragón. Con cada acierto, el dragón rugía más alto y con más furia. Volvió a cargar contra ellos, dispuesto a liquidarlos.

—¡Se acabó! —gritó Steve con ganas de taparse los ojos.

—¡En absoluto! —vociferó Max lanzándole una flecha al dragón, que se le clavó entre los ojos y lo hizo precipitarse contra el suelo.

—¿Está muerto? —preguntó Lucy.

—¿Responde eso a tu pregunta? —dijo Henry mientras señalaba un portal que había surgido en la superficie verde bajo ellos. La aparición del portal significaba que habían vencido al dragón del Fin. Habían acabado con la criatura más feroz del universo Minecraft. Eran guerreros, y, una vez que salvaran a los aldeanos, se convertirían en héroes.

—Tenemos que volver a la Corteza Terrestre —dijo Steve mirando hacia el portal.

Las escaleras temblaron a medida que el grupo caminaba hacia el terreno de bloques verdes y se acercaba al agujero, rodeado de antorchas de fuego. En lo alto descansaba un huevo de dragón.

—No quiero estar presente cuando eclosione —dijo Steve. Señaló el huevo. El grupo asintió mientras él conducía a Rufus al portal.

Esta vez no sintieron miedo alguno cuando se adentraron en el portal que los llevaría de vuelta a casa.

15
DE VUELTA
A CASA

Rufus ladraba cuando el grupo salió del portal y se encontró en un mundo de bloques verdes.

—¡La granja de trigo! —exclamó Steve. Nunca en su vida se había sentido más feliz. Podía oír los maullidos de Snuggles tras la puerta.

Era de día, así que el grupo estaba a salvo de los zombis. Steve mostró la granja a sus amigos.

Lucy sacó el arco y las flechas y disparó a un cerdo.

—Perdona, tenía hambre —dijo ofreciéndoles un poco de carne.

—Tengo comida de sobra —dijo Steve mientras sus amigos se atiborraban de zanahorias y papas.

—¡Es un sitio genial! —dijo Max. Por fin, el grupo pudo relajarse, disfrutar de la comida y de la granja de Steve.

—Tenemos que fabricar la mesa de encantamientos —dijo Steve. Sabía que no tardaría en caer la noche, y tenían que ir a la aldea a enfrentarse con los zombis para salvar a sus amigos.

Con la obsidiana, los compañeros fabricaron las espadas de diamante. Iban a combatir con los zombis, y tenían que estar preparados.

—Recuerden, tenemos que guardar un diamante para construir el tocadiscos —les recordó Lucy—. Quiero celebrar una fiesta con los aldeanos después de salvarlos.

—Claro —respondió Steve. Estaba tan concentrado en la misión de salvar a los aldeanos que se había olvidado por completo de los discos que recogieron durante la batalla contra los esqueletos y los *creepers*.

De pronto, Steve escuchó ladridos. Rufus y Snuggles acababan de conocerse, y supuso que no se habían gustado mucho el uno al otro. Estaba equivocado. Cuando salió, los vio jugando juntos. Mientras tanto, el resto del grupo remataba sus creaciones de diamante.

—¡Vaya espadas! —dijo Max, impresionado.

Henry empuñó su nueva espada de diamante y se acercó a Steve lentamente.

—¿Henry? —preguntó Steve, nervioso—. ¿Qué estás haciendo?

—Quiero todos los diamantes —respondió Henry. Le apuntó con la espada, que quedó a poca distancia de la cara de Steve.

—No —dijo Steve. Sacó su propia espada, dispuesto a luchar. Steve había estado en lo cierto todo aquel tiempo; no tendría que haber confiado en Henry.

—Danos todos los diamantes y las zanahorias, y nos marcharemos —dijo Henry. Henry blandió la espada, y Steve retrocedió.

Lucy y Max se mantuvieron al margen. No sabían a quién defender.

—¿Es que no van a ayudarme? —les preguntó Steve cuando Henry comenzó a atacarle, aunque sin éxito.

No dijeron una palabra.

—¿Y a mí, van a ayudarme? —les preguntó Henry.

De nuevo, silencio.

Ellos dos lucharon. Uno bloqueaba los movimientos del otro.

—¿Por qué lo haces? —le preguntó Steve a Henry—. Creía que éramos amigos. ¿Es que eres un *griefer*?

—Soy un cazatesoros, y tú tienes muchos tesoros —gritó Henry.

—Esto es típico de un *griefer* —respondió Steve a voces—. Lo que estás haciendo es atacarme, no robarme. Sabía que nunca debía haber confiado en ti, aun después de todo lo que hemos vivido juntos.

—Sabía que si seguía este camino, obtendría una recompensa. Fíjate en la granja. Está a rebosar de recursos. Podría vivir cien vidas de estas tierras —dijo Henry.

Fue entonces cuando Lucy gritó. Gritó tan fuerte que los cristales de la casa de Steve reventaron.

—¡Ya basta!

Su tono de voz era alto y penetrante. Rufus y Snuggles entraron en la casa y se quedaron mirándola, y Henry bajó la espada.

—Tienes razón, Steve —dijo Lucy—. No sólo éramos cazatesoros, también éramos *griefers*.

—¿Éramos? —preguntó Henry—. ¿Es que ya no?

—No. —Lucy miró a Henry y le dijo—: ¿Recuerdas cómo nos sentimos cuando aquel *griefer* intentó robarnos los diamantes?

—Sí. —Henry miró al suelo.

—No podemos hacerle esto a Steve. Sí, al principio queríamos robarle sus cosas, pero es nuestro amigo. Piensa en todo lo que ha hecho por nosotros. Lo mucho que hemos hecho los unos por los otros.

—Pero... —Henry intentó hablar.

Max lo interrumpió.

—Tenemos que permanecer unidos y luchar contra los zombis junto a Steve. Esto no está bien, Henry. Que antes fuéramos malas personas no quiere decir que no podamos cambiar.

—Sí —coincidió Lucy. Le alegraba oír que Max estaba de acuerdo con ella—. Max lo entiende. Tenemos que ayudar a Steve. Y ahora dame esa espada de diamante, Henry. No te la mereces.

Steve se preguntó si todo aquello no sería más que una treta. Quizá lo único que Max y Lucy pretendían era ponerse de su parte para atacarle una vez que hubieran derrotado a los zombis. No sabía qué pensar. Pero entonces miró a Lucy, y ella le dedicó una sonrisa. Se dio cuenta de que tenía que confiar en ella, y de que tenía que darle otra oportunidad a Henry.

—Devuélvele la espada a Henry —le dijo Steve a Lucy.

Henry se quedó asombrado, y preguntó:

—¿Qué?

—Quédatela —le dijo Steve—. Vas a ayudarme a luchar contra los zombis.

—Amigo, ¿lo dices en serio? —Henry no podía creerlo.

—Mira, sé que tu instinto es destrozar cosas y robarle a la gente, pero creo que puedes ser mejor persona. Nos has ayudado mucho en la búsqueda de los diamantes. Me niego a creer que fuera sólo para robarme. Vamos, eso no tiene ningún sentido. Te has esforzado y te has implicado demasiado.

Henry miró a Steve cuando Lucy le devolvió la espada.

—Gracias —dijo Henry—. Creo que tienes razón. Es que al ver todos esos diamantes quise llevármelos todos.

Se acercaba el ocaso.

—Tenemos que salvar a los aldeanos —dijo Steve mientras miraba a través de la ventana—. Henry, ¿vas a enfundarte la armadura y a unirte a la batalla o vas a irte por tu cuenta?

—Estoy con ustedes, chicos —dijo Henry con una sonrisa. No podían enfrentarse entre ellos, tenían que luchar contra los zombis.

16
LA BATALLA FINAL CONTRA LOS ZOMBIS

El sol comenzó a ponerse cuando el grupo se enfundó las armaduras, se armó con las espadas y partió hacia la aldea. Rufus corría tras ellos, pendiente de los alrededores por si aparecían *creepers* o *endermen*. Steve sentía que el corazón le latía a mil por hora. A pesar de todas las aventuras vividas, le inquietaba ver lo que le había ocurrido a la aldea. Quizá era demasiado tarde para salvar a Eliot el Herrero. ¿Seguiría Avery la Bibliotecaria escondida en la biblioteca o se habría convertido también en zombi? ¿Y servirían las manzanas doradas encantadas para salvarlos? Todos esos pensamientos se arremolinaban en la mente de Steve a medida que se aproximaba a la que una vez fuera una aldea apacible.

La aldea estaba desierta. El gólem de hierro seguía partido en dos en la calle. Steve y sus amigos caminaron por el pueblo en busca de alguna señal de vida. Steve los condujo hasta la herrería de Eliot, pero estaba vacía. ¿Dónde se ocultaban los aldeanos? Steve miró bajo el mostrador y en los rincones de la tienda, pero no encontró a nadie. Rufus comenzó a ladrar y a correr. Un *creeper* se acercaba, pero se marchó cuando vio al lobo.

—Oigo algo —dijo Steve, que se dirigió a la biblioteca.

El grupo entró con Steve en el edificio. Las estanterías estaban rotas y los libros, destrozados. Muchos de los libros que a Steve le encantaba leer estaban esparcidos por el suelo. Cuando se agachó a recoger su libro favorito sobre agricultura vio a Avery la Bibliotecaria escondida detrás de una estantería.

—¡Avery! —exclamó Steve. Se alegraba mucho de volver a verla—. ¿Estás bien?

—Es de noche —le dijo en un susurro atemorizado—. Es cuando vuelven.

—¿Dónde está todo el mundo? —preguntó.

—Están escondidos en casa de John el Granjero. —Ella se puso en pie.

—¿Dónde están los zombis? —preguntó Steve.

—Volverán. El de la armadura es el peor. Lleva un casco, así que también puede atacar durante el día. Los aldeanos han estado escondidos desde que te fuiste. —Ella miró a Steve, y él pudo ver la esperanza en su mirada. Confiaba en él para salvar la aldea, y Steve sabía que era su momento. También era consciente de que no podía hacerlo sin sus amigos.

—Estos son mis amigos —dijo, y Steve se los presentó a Avery—. Van a ayudarme a salvar la aldea y a derrotar a esos malvados zombis.

—Gracias —dijo, y a Henry por poco se le escapó una lágrima al darse cuenta de lo realizador que era ayudar a los demás.

De pronto, un zombi de ojos verdes apareció por detrás de una estantería.

—¡Oh, no! —gritó Avery.

Henry se abalanzó sobre el zombi y acabó con él con un único golpe de su recién estrenada espada de diamante.

—¡Es bestial y superpoderosa! —dijo Henry, y sonrió. Esperaba que gracias a la espada de diamante la batalla contra los zombis fuera más corta y sencilla.

En el exterior de la biblioteca, las calles estaban atestadas de zombis. Steve no daba crédito a la cantidad de zombis que se les echaban encima.

—Puede que esto no vaya a ser tan fácil como pensaba —dijo Henry. Tenía la mirada fija en la espada de diamante.

—Si cooperamos, tendremos posibilidades de ganar —dijo Lucy.

—Es el mayor reto de mi vida, y estoy preparado —añadió Max. Se lanzó contra los zombis y eliminó a un buen puñado con la poderosa espada.

Steve era consciente de que él solo no habría sido capaz de derrotar a aquellos zombis y de que la única opción posible era contar con la ayuda de sus nuevos amigos. A Steve le embargaron las emociones. Se detuvo a observar a los zombis y se dio cuenta de que muchos de ellos eran aldeanos convertidos. Reconoció a unos cuantos, pero una cara en concreto destacó entre la multitud. ¡Era Eliot el Herrero!

—¡Eliot! —lo llamó Steve, pero Eliot ni se inmutó. No tenía ni idea de quién era Steve. Para él, Steve era un enemigo al que tenía que derrotar. Eliot se dirigió hacia Steve. Éste tenía que darle la manzana dorada encantada, pero también tenía que encargarse de los zombis que se acercaban a la biblioteca.

—¡Avery, escóndete! —gritó Steve mientras el equipo cargaba sin miedo contra los zombis y los golpeaba con las espadas de diamante.

Eliot el Herrero caminó hacia Steve con una mirada de color verde que indicaba que estaba dispuesto a atacar a su amigo.

—¡Eliot! ¡Soy yo! —le rogaba Steve, pero era inútil.

Henry corrió hacia Eliot, dispuesto a atacarle.

—¡Para! —gritó Steve—. Es mi amigo. Agarra una manzana dorada encantada y una poción de debilidad. ¡Tenemos que devolverlo a la vida!

—¡Toma! —Henry le lanzó una manzana dorada y una poción, y Steve se las dio a Eliot. En pocos minutos, los ojos de Eliot perdieron ese tono verdoso, y volvió a ser un aldeano normal.

—¡Gracias! —dijo Eliot con tremenda alegría—. ¡Me salvaron!

Sin embargo, no había tiempo para reencuentros. El pueblo aún era un hervidero de zombis, y el grupo tenía trabajo que hacer.

—Tienes que esconderte, Eliot —le pidió Steve—. Ve con Avery y ocúltate debajo de las estanterías de la biblioteca.

Eliot se metió en la biblioteca para buscar refugio.

—¡Uno menos! —gritó Lucy, que acababa de derribar a un zombi.

—No importa cuántos zombis eliminemos, parece que nunca se acaban. ¿Dónde está el generador? —preguntó el exhausto Max.

Los rugidos de los zombis se oían por toda la aldea.

—Creo que no dejan de llamar refuerzos —dijo Steve—. Tenemos que acabar con todos. ¡Si conseguimos sobrevivir en el Fin, podremos con esto!

La espada de diamante de Steve era tan poderosa como se imaginaba. Se alegraba de poder destruir a los zombis a tal velocidad.

Henry apareció por detrás de Steve, y el dúo redujo a un grupo de zombis.

—¿Ves como en equipo somos mucho mejores? —preguntó Steve mirando a Henry.

—Tienes razón —dijo Henry al tiempo que blandía la espada para acabar con dos zombis.

A medida que Steve se abría paso por el pueblo, daba la sensación de que había más zombis en el suelo que caminando por las calles.

Y entonces apareció frente al cuarteto. Estaba delante de la tienda de Eliot el Herrero. Era el zombi armado.

—¡Es él! —dijo Steve, y lo señaló. El grupo tenía que dar con una estrategia.

—¡Tenemos espadas de diamante! ¡Podemos con él! —Max corrió hacia el zombi y le golpeó en una pierna con la espada. El zombi fue derrotado, y junto a Max sólo quedó la armadura.

—¡Lo has logrado! —gritó Steve desbordante de alegría.

—No —dijo Max—. ¡Lo hemos logrado!

—¡Es igual! ¡Eso significa que la batalla ya casi ha terminado! ¡Hemos matado al zombi más poderoso! —exclamó Steve a voz en grito. Estaba pletórico.

—Puedes quedarte la armadura —dijo Max tendiéndosela a Steve.

—¡Gracias! —respondió Steve, que tomó la armadura y se la puso.

Henry y Lucy se libraban de más zombis mientras Rufus rastreaba las calles en busca de *creepers*.

Cuando acabaron con el último zombi, Steve recorrió las calles para asegurarse de que no quedaba ni uno de aquellos monstruos sedientos de sangre de ojos verdes. Tras inspeccionar el último rincón de su aldea favorita, proclamó la victoria.

—Tenemos que construir otro gólem de hierro —dijo Steve, que echó mano de su reserva de hierro para crear un nuevo gólem para el pueblo.

—¿Qué le pasó al antiguo? —preguntó Henry.

—Un *griefer* lo destruyó para llevarse el hierro —le dijo Steve.

Mientras Henry reflexionaba sobre los *griefers*, Eliot, John y Avery llegaron a toda prisa.

—¡Salvaste la aldea! —dijo John el Granjero.

—¡Eres mi héroe! —dijo Eliot el Herrero sonriendo.

—¡Nos salvaste la vida! —exclamó Avery.

—Gracias. Me da mucho gusto que estén a salvo, ahora ya podemos reconstruir la aldea. Y no me den las gracias a mí, sino a mis amigos. No lo habría conseguido sin ellos —respondió Steve.

Henry observó cómo los aldeanos felicitaban a los demás. Estaba escondido detrás de un árbol. No sabía qué hacer. Nunca había hecho nada bueno por nadie, y tenía una sensación muy extraña. Steve se acercó.

—¿Te das cuenta de lo importante que es ayudar a los demás? —le preguntó Steve—. Podríamos robarles todas sus cosas, pero es mucho mejor ayudarlos.

—Me siento muy raro. Nunca antes había tenido esta sensación —admitió Henry.

—Es lo que se siente al ser buena persona —dijo Steve—. Deberías venir con nosotros y dejar que los aldeanos te den las gracias. Te lo mereces, amigo mío.

Juntos caminaron hasta el centro de la aldea, donde el ambiente era festivo, y los aldeanos fueron saliendo de sus casas. Ya no tenían que esconderse.

—¡Vamos a celebrar una fiesta en mi granja! —anunció Steve a los aldeanos—. Quiero que todo el mundo venga a celebrar la derrota de los malvados zombis y a discutir propuestas para asegurar la aldea contra otros posibles ataques.

—Ya hemos terminado el nuevo gólem de hierro —anunció Lucy mientras le colocaba la cabeza de calabaza.

—Todos deberíamos disfrutar de la victoria. No ha sido una batalla fácil, pero era por una buena causa —dijo Henry, y la multitud lo vitoreó. Nunca en su vida se había sentido tan feliz. Steve tenía razón, era genial ayudar a los demás.

El equipo condujo a la gente hasta la granja de trigo. ¡Estaban deseando celebrar la fiesta! Rufus ladró cuando el sol empezó a salir.

17
LA FIESTA

Steve nunca había tenido a tanta gente en casa, y le sorprendió comprobar lo mucho que le gustaba tener a sus amigos de visita. Los aldeanos abarrotaban el salón. Después de esconderse durante días, se alegraban de haberse librado del ataque de los zombis y estaban muy emocionados de estar en casa de Steve. La mayoría nunca había estado en una fiesta.

Steve repartió gorritos rojos de fiesta, y todo el grupo se los puso. Steve colocó una mesa en el salón y la llenó de galletas y otros dulces. Se los ofreció a los aldeanos y a sus amigos.

Lucy puso uno de los discos en el flamante nuevo tocadiscos de diamante, y los aldeanos comenzaron a bailar.

—¿Han visto mis esmeraldas? —dijo Eliot señalando las paredes de ladrillo revestidas de esmeraldas.

—Ésas son mis esmeraldas —dijo Steve, y sonrió—. Hicimos un trueque.

—Cierto —respondió Eliot sonriendo también—. Tienes que venir a la tienda a hacer más intercambios.

—¿Cómo va la herrería? —preguntó Steve.

—Ya casi ha vuelto a la normalidad. La aldea necesitará algo más de tiempo para volver a ser lo que era, pero gracias a ti, la recuperaremos.

—Y no eres un zombi —dijo Steve con una sonrisa—. ¡Qué batalla la de hoy!

—¡Salvados por Steve! —le dijo Avery a Steve al acercarse a ellos.

—No, salvados por mí y mis amigos —dijo Steve mientras reunía a Henry, Max y Lucy en el centro del salón. Los aldeanos se colocaron a su alrededor—. Estos son mis mejores amigos, ¡y juntos podemos con todo!

Steve creía firmemente que él y sus amigos eran capaces de todo. Pensó en contarles a los aldeanos la batalla contra el dragón del Fin, pero no quería presumir. No obstante, era una historia que ni él mismo podía creer, y quería compartirla con los demás.

—Fue un placer ayudarlos —les dijo Henry a los aldeanos—, pero no es necesario que nos den las gracias. Con ver lo felices y seguros que están en la aldea ya nos damos por satisfechos.

—Me encantaba buscar tesoros y luchar contra criaturas hostiles, pero cuando conocí a Steve me di cuenta de lo importante que es ayudar a los demás —añadió Lucy, que se colocó junto a Henry.

—Chicos, me han enseñado muchas cosas. No sé si yo les habré aportado algo, aparte de enseñarles lo que es tenerle miedo a todo —dijo Steve a sus amigos.

—Nos has enseñado mucho. Y te hemos visto cambiar. Ya no eres tan miedoso como antes —le dijo Lucy a Steve.

—¡Es verdad! No lo soy —dijo Steve. Estaba contentísimo. Antes le habría preocupado tener a tanta gente en casa, pero ahora lo estaba disfrutando.

Max se acercó al tocadiscos de diamante.

—Me alegro de que guardáramos un diamante para

fabricar el tocadiscos —dijo Lucy colocándose junto a Max.

—¡Es hora de bailar! —dijo Max, y subió el volumen de la música.

Henry, Lucy y Max bailaban. Steve se acercó a Eliot y le dijo:

—Tengo muchas ganas de ir al pueblo e intercambiar esmeraldas y carbón —le dijo Steve a Eliot.

—Pero debes de tener muchas historias que contar. Tú y tus amigos han vivido muchas aventuras. ¿Cómo es que vas a quedarte por aquí? ¿No quieres seguir explorando? —preguntó Eliot.

—Sí, Steve —dijo Henry, que se había aproximado a ellos—. ¿No te gustaría cazar tesoros con nosotros?

Avery la Bibliotecaria también se unió al grupo, y Steve la señaló y dijo:

—Puedo leer relatos de aventuras en los libros de la biblioteca de Avery.

—No sé yo si mis libros son tan emocionantes —dijo Avery.

—Pero tú has tenido la ocasión de vivirlas —le dijo Eliot el Herrero a Steve—. Es algo increíble.

Steve escuchó ladridos y se disculpó para salir a ver a Rufus. Observó al lobo domesticado, que jugaba con Snuggles. Era allí donde quería estar. Sí, cazar tesoros era divertido y ya no tenía miedo, pero le agradaba la idea de ser granjero y seguir ampliando la granja. Mientras que a otros les encantaba explorar lugares desconocidos, él disfrutaba durmiendo en su cama de lana. Steve volvió a la fiesta.

—¿Alguien quiere zanahorias? —preguntó al tiempo que les ofrecía los tentempiés a los de su pandilla.

—Eres muy generoso —dijo Henry mientras se comía las zanahorias.

—He trabajado mucho y tengo mucho que compartir —le dijo Steve.

El ambiente de la fiesta era distendido, y los aldeanos parecían no tener preocupaciones. Para Steve, la vida había vuelto a la normalidad.

—Vamos a organizar un juego —anunció Avery, y tanto el grupo como los aldeanos hicieron carreras por la granja de trigo.

—¡Te gané! —exclamó Max, y sonrió mientras adelantaba a Steve por el verde terreno de la granja.

Aquella fue la mejor —y la única— fiesta de la vida de Steve. Pero el día ya casi había pasado, y como todas las buenas fiestas, tenía que tener un final.

18
ODIO LAS DESPEDIDAS

La luna apareció en el cielo. Los aldeanos volvieron a sus hogares, porque empezaba a anochecer. A la mañana siguiente tenían un largo día por delante, ya que tenían que limpiar la aldea de los restos de la contienda con los zombis. Después de que los aldeanos le dieran las gracias a Steve y se fueran, Steve se quedó en casa con sus amigos.

—Solía darme miedo estar levantado por la noche —les dijo Steve—. Y nunca había tenido visitas en casa.

—No te creo. Diste una fiesta increíble —le dijo Henry.

Steve observó la luna. Brillaba mucho; destacaba en el cielo estrellado.

—¿Qué estás mirando? ¿Tienes miedo de que el dragón del Fin venga a por ti? —bromeó Lucy.

—Estoy mirando la Luna —dijo Steve con bastante seriedad—. Creo que quiero ir a explorarla. ¿Se unen?

—Qué curioso. A principios de semana te daba miedo salir de la cama, ¿y ahora quieres viajar a la Luna? —preguntó Max. Le alegraba comprobar que su amigo ya no le tenía miedo a nada.

—Entonces, ¿quieren venir conmigo? —Steve repitió la propuesta.

—¡Puede ser divertido! —dijo Lucy.

—Antes de nada tengo que averiguar cómo viajar hasta allí, y luego podemos explorar el espacio. Pero me va a llevar un tiempo. ¿Quieren quedarse aquí y ayudarme? —les preguntó Steve. Necesitaba un tiempo de descanso para seguir ampliando la granja y comerciar con sus amigos aldeanos. Además, no quería quedarse en la Luna para siempre, sólo quería hacer una excursión y después volver a la vida de la granja.

—Para serte sincero, creo que preferimos cazar tesoros —dijo Henry—. No es lo nuestro anclarnos a un único lugar. Nos gusta verlo todo. No somos sólo cazatesoros, también somos adictos a la adrenalina.

—Extrañamos buscar tesoros —le dijo Lucy a Steve—. Ya sabes que nos encantó ayudarte, pero éste no es nuestro lugar. Nos gusta andar tras la pista de nuevos objetos y usar todo lo que tenemos en el inventario.

—Eso es, no somos acaparadores —bromeó Henry.

—¡Oye! Que los acaparadores tienen un montón de cosas útiles. Si no hubiera tenido la leche, aún seguirías hecho polvo en la cueva por la picadura —dijo Steve para defenderse.

—Estaba bromeando, pero tienes razón, siempre estás preparado —dijo Henry con una sonrisa.

—Aprendí mucho de esta aventura. Aprendí que es importante guardar, pero también compartir —dijo Steve.

—Te voy a extrañar —dijo Lucy.

—Pero tenemos que irnos, porque no he volado nada desde hace días —suspiró Henry—. Extraño esa emoción de encontrar los cuatro cofres de tesoros y escapar de los templos con el botín en las manos. Es la mejor sensación del mundo.

—Sé a qué te refieres —coincidió Max.

—Sí, es lo que nos gusta. Y quiero volver al bioma de la nieve a jugar. ¡Me encanta explorar! —dijo Lucy con la cabeza alzada hacia el cielo—. Pero la Luna parece un lugar estupendo al que viajar.

Henry se sentó junto a Steve, lo miró y dijo:.

—Steve, me enseñaste cómo ser una buena persona y por qué no debería ser un *griefer*. Te debo la vida por ello.

—Lo sé. Lo entiendo —dijo Steve. Sabía que sus amigos y él tenían metas diferentes, y no podía impedirles que hicieran lo que les apasionaba. Le habían ayudado a salvar la aldea, y él siempre les estaría agradecido.

—Me alegro mucho de haberte conocido —dijo Lucy. Miró a Steve y le sonrió.

—Los voy a extrañar a todos —dijo Steve.

—¿Por qué no vienes con nosotros? —le preguntó Henry.

—Me encantaría, pero de verdad quiero ayudar a los aldeanos a reconstruir el pueblo —respondió Steve.

—Encuentra la forma de llegar a la Luna, ¿de acuerdo? —preguntó Henry.

—Claro —dijo Steve.

—Si lo averiguas, búscanos. Iremos contigo —dijo Henry con una sonrisa mientras Lucy y Max asentían, conformes.

—¡Me encantaría! —dijo Steve cuando acompañó al grupo a la puerta. Se detuvieron en el pórtico y miraron la Luna.

—Me pregunto cómo será —comentó Lucy.

—Seguro que hay un montón de tesoros geniales —dijo Henry.

—Sólo hay una manera de averiguarlo —dijo Steve. Esbozó una sonrisa mientras observaba la enorme Luna y se imaginaba la cantidad de aventuras que podría vivir en el espacio junto a sus nuevos amigos.

—Adiós, Steve —dijo Henry cuando el grupo se dispuso a marcharse de la granja de trigo.

Rufus y Snuggles se acercaron para despedirse de los tres amigos.

—Odio las despedidas —les dijo Steve.

—No pienses en el adiós, piensa en la próxima vez que nos diremos hola —dijo Max.

Steve sonrió y se quedó mirando cómo sus amigos se alejaban en busca de tesoros. Deseó que las nuevas espadas de diamante los protegieran mientras exploraban el mundo.